朱丽叶游世界

朱丽叶游罗马

Juliette à Rome

Rose-Line Brasset

[加拿大] 罗丝-莉娜·布拉塞 著

彭 怡 译

·深圳·

图书在版编目（CIP）数据

朱丽叶游罗马 /（加）罗丝-莉娜·布拉塞著；彭怡译. — 深圳：海天出版社，2021.1
（朱丽叶游世界）
ISBN 978-7-5507-2883-7

Ⅰ.①朱… Ⅱ.①罗… ②彭… Ⅲ.①游记－作品集－加拿大－现代 Ⅳ.①I711.65

中国版本图书馆CIP数据核字(2020)第053725号

版权登记号　图字：19-2019-143号
Titre original: Juliette à Rome
Rose-Line Brasset
Copyright © 2017, Éditions Hurtubise inc.
We thank SODEC for the support of the translation

朱丽叶游罗马
ZHULIYE YOU LUOMA

出 品 人	聂雄前
责任编辑	邱秋卡　胡小跃
插　　图	安琦
责任校对	徐力
责任技编	梁立新
装帧设计	龙瀚文化

出版发行	海天出版社
地　　址	深圳市彩田南路海天综合大厦（518033）
网　　址	www.htph.com.cn
订购电话	0755-83460239（邮购、团购）
设计制作	深圳市龙瀚文化传播有限公司 0755-33133493
印　　刷	中华商务联合印刷（广东）有限公司
开　　本	787mm×1092mm　1/32
印　　张	7.5
字　　数	106千
版　　次	2021年1月第1版
印　　次	2021年1月第1次
定　　价	29.80元

版权所有，侵权必究。
凡有印装质量问题，请随时向承印厂调换。

献给属于我的罗马文学专家埃马努埃尔

  他的智慧是我灵感的来源

目 录

3月4日星期六 1

3月5日星期天 44

3月6日星期一 55

3月7日星期二 75

3月8日星期三 104

3月9日星期四 125

3月10日星期五 168

跟着朱丽叶游罗马 207

  罗马旅游小贴士 207

  词汇表 224

  罗马简史 227

  罗马编年史 228

  问　卷 230

  答　案 234

3月4日星期六

上午11点

"嘟嘟嘟！"

"嘀嘀！"

"嘟嘟！"

"哐当，哐当！"

马路上的声音那么大，让人无法思考。该死。可是，你想想，春假①到了，谁还需要想问题？我，我需要！你绝对猜不到我母亲发明了什么办法来折磨我。嗯？你说什么？你首先想知道我在哪儿？这样吧，我先让你猜。

---

① 也叫"休闲周"或"阅读周"，加拿大的学校春秋两季各有一周。

纽约？不是。巴塞罗那？也不是。巴黎？你真扫兴，朋友。如果你猜不出来，我就帮你一下。我在罗马！是的，是的，一点没错。罗马人生活的地方，真正的罗马人！在意大利！真的，我不骗你。是的，我知道。尽管外面吵得要命，我还是要承认这里真的很美。但问题不在这里。我很快就要14岁了，还不得不跟着母亲满世界跑，你觉得我这样容易吗？别搞错了，这场旅行注定是一场地狱之行！不过，如果你愿意，我跟你从头说起。

上星期三，我高高兴兴地从学校里回来，放下书包。这一放就将11天，因为老师们把春假的前两天也改成了"备课日"。妈妈马上过来向我宣布，她接到了一个任务，要写一篇关于"今日古罗马"的报道。是的，我知道"今""古"是两个矛盾的词。可妈妈办公室的主编是个跟我奶奶一样老的老头。那是一个真正的"老古董"，都60岁了。（是的，这意味着，他离100岁也不远了！不过，这是另一回事了。）所以，我现在要告诉你，上个星期，妈妈对我说："我们得去罗马。"酷！你觉得呢？你很可能也这样认为。可惜，你弄错了。这一点还不是最糟的。

"这是一个非常复杂的报道。我要见很多人,会非常忙。"她给我打起了预防针,目光奇怪地躲闪着。

"别那么担心。你把我留在这里就可以了。"

"你奶奶还在佛罗里达,我没有别的选择,只能带你走。你明白吗?"

"又要像以前一样了,"我叹了一口气,耸耸肩,"那你工作的时候我干什么呢?"

"对,我正要告诉你一个好消息。"她回答我的时候一直避免看我的眼睛。

"真的吗?"我大叫起来,有些不相信。

"我在罗马有个朋友。你还记得吗,我回去上学的时候,在大学里有个论文指导老师?"

"不知道……"

"纳塔尼埃尔·拉德克里夫,一位很有风度的先生。得知主编要把这个任务交给我,我就联系了他。他现在住在罗马,是一所很著名的中学的学监。我的好消息是,他同意我工作的时候你在他那里待一周。"

"啊,你说什么?"

不，我是在做梦，还是她在给我致命的一击，竟然把这叫作一个"好消息"？

"那是一所什么中学？"

"跟我们这边的中学差不多。这不是很好吗？"

"你不会是让我在春假里到另一所学校上一个星期的学吧？"

"这是一个非常好的机会，我可以向你保证。罗马的夏多布里昂中学，只有欧洲最优秀、最幸运的学生才进得去。著名作家安伯托·艾柯的孙子似乎也在那里上学。你明白了吗，小宝贝？"

她说这话时是那么虚情假意，以至于好像连她自己都不相信。

"不是开玩笑吧？那个叫艾什么柯的是什么人？"

"最近去世的一个很出名的作家。"

嗯，好像是有这么一个人……

上午11点15分

现在，我正趴在罗马一个套间的窗前。我妈租的这个套间在梅鲁拉娜路，小得像鸟笼。未来一周

3月4日星期六

我们就将住在这里。你别笑我。当我的同学们在玩电子游戏、看VRAK①电视节目,在尤维尔广场滑旱冰或在斯托纳姆②滑雪时,我却要黎明即起,坐地铁赶到夏多布里昂中学去上课。还说我是"幸运者"呢!妈妈和她的计划都疯了!我不知道我去那里有什么好处。除非安伯托·艾柯的孙子真的很英俊!瞧我在说什么呀!我是吉诺的好朋友,他是女孩所能梦想的最神奇的好朋友。所以,我不需要认识别的男孩。你说呢?

幸好今天才星期六,所以我还有一点时间在心理上做好星期一去上学的准备。在罗马有很多东西。当我告诉吉娜,我要来罗马的时候,她显得比我还激动。

"人们所能想象的最漂亮的鞋子就是那个国家制造的!一定要说服你妈带你去买鞋子。"她大叫道。

好!但不确定……吉娜是我最好的朋友,我每次外出旅行都会想她。很难想象,只在这所中学待

---

① 魁北克的一档青少年节目。
② 魁北克西北部小城。

一个星期就能交上这么交心的朋友！嗯……也许有可能。为什么不呢？你应该能猜到，我准备以巨大的乐观主义精神去接受这一考验，为此我付出了巨大的努力。可悲啊！只有我才会碰到这种事情！不管怎么说，我已经预先告诉我母亲："我绝对不会在晚上做作业！"

"当然不会，朱丽叶！"她连忙表示同意，"我会跟我的朋友纳塔尼埃尔说清楚的。我答应你。"

言归正传吧！我还来不及考虑，就已经到了意大利面、高级皮鞋、足球和豪华汽车之都。菲亚特、法拉利和兰博基尼就在窗外的大街上和摩托车及众多行人抢道。梅鲁拉娜路一直车满为患，只有救护车和警用摩托的警报响起来的时候，汽车的喇叭声才会减轻一些。真是一个竞技场！昨天晚上，噪声吵得我直到凌晨两点才睡着。我通常需要好几天才能适应时差。你知道吗，罗马和魁北克有6个小时的时差？也就是说，这里早上6点，魁北克才午夜12点。难怪老妈今天早上花了那么大的劲儿才把我从床上拉起来！

从客厅的窗口看出去，景色非常美，可以看到

3月4日 星期六

我正趴在罗马一个套间的窗前,景色非常美。

一个公园，科勒欧皮奥公园（parco di Colle Opio）。它对面就是罗马著名的圆形竞技场（Colosseo）。当我告诉吉诺，我和妈妈要把它玩个遍的时候，他妒忌得脸都青了。

"准备好了吗，小宝贝？"

"我来了，妈。"

上午11点30分

走下几个台阶就到了一楼。现在，我们俩都到了户外。跟我们昨天早上抵达这里的时候一样，天气非常好。天空一片湛蓝，气温在20摄氏度左右。魁北克完全不可跟这里相提并论。星期四傍晚我们离家时，魁北克的气温是零下20摄氏度（是的，我知道！冷死了……）。

在人行道上，我不厌其烦地观察着路边的植物。星期五上午，当我们坐着小巴，从达·芬奇机场进城时，首先让我感到惊讶的，就是满眼都是苍翠的植物，到处都是芬芳的鲜花和奇异的树木。这里的树和我以前见到的树木完全不一样，它们又高又大，形状往往都很……奇特。

"妈妈，这些树干有些歪歪扭扭的大树叫什么？"

"啊，这是海岸松，也叫遮阳松。小宝贝，这些树大多都已经100多岁了。"

"真的吗？"

"那当然。"

我忍不住想笑。

"遮阳松，多怪的名字。为什么不叫遮雨松啊？"

"人们之所以这样叫，"妈妈回答说，"是因为它们枝干光秃，树冠扁平，树荫很大，而且不需要太多的养护。在一个阳光比雨水多、夏天最高气温超过30摄氏度的城市里，这些优点是十分宝贵的。"

它们确实很像巨大的遮阳伞……或者是四肢脱臼的巨魔。我是觉得它们美，还是被它们奇特的样子吸引了？我不确定。我用iPad拍了十来张松树的照片。

"这些又是什么树？"我指着一棵直指云天的圆柱状的大树，问。

"这是柏树。"

"它们好像都要碰到天空了。"

"你说得对，这些树非常威武。它们把斗兽场围了起来，构成了宁静而庄严的背景。我已经喜欢上这座城市了。你呢？"

"我还得看看。"我嘟哝道。

真的，不开玩笑。我起码要到星期一上午才知道自己是否喜欢这个地方。

在这之前，我发现，被认为是罗马文化极盛时期象征的斗兽场门口，人数也多得到达了顶点。（至少）有5万多人拥挤着想进去。悲剧啊！

你知道我喜欢博物馆？这次也是，我好像也要去参观。

中午12点

"别担心，"妈妈安慰我说，"我已经在网上买了'特别通行'票。"

"那是什么东西？"

"有了它我们就可以不用排队，直接进去参观。除了门票费用以外，再交一点小小的费用就行了。你看，就是它！"

好神奇呀，这两张票真的让我们越过了所有

人（嘿嘿嘿！），进入了那个著名的斗兽场。我屏住呼吸，尽管如此，我还是感到震惊。昨天晚上吉诺还对我说，我太幸运了，能欣赏那个原版建筑。"我从很小的时候就梦想去那里了。"我们视频通话的时候他告诉我。事实上，作为一个斗兽场，它确实很美……

"小宝贝，这地方已经差不多有两千年了！"老妈下意识地用臂肘捅了一下我的腰（哎哟！），激动地说，"你想象得到吗，很多个世纪以来，先后有成千上万的人站在这里，罗马皇帝、贵族和市民，就在我们现在所站的地方，观看由当时的皇帝组织的演出？"

"真的吗？"我揉着被妈妈撞疼的腰部，问，"什么演出？音乐会？"

"当然不是。"

母亲颤抖着，脸涨红了，好像有点发烧。

"罗马鼎盛时期，"她接着说，"意大利人所说的这个'il Colosseo'（斗兽场）可以容纳7.5万多名观众。他们聚集在这里观看猎兽表演和角斗士的博斗，或者更糟，直接处死犯人，甚至还有其他同样残忍的表演。据说斗兽场落成那天，9000头野兽上场表演，然后被统统杀死。"

"啊，可怜的野兽！但那是一些什么野兽呢？至少不会是猫、狗或者是马吧？"

"主要是在非洲捕捉的野兽，比如说狮子、豹子、犀牛、大象、长颈鹿、河马等。"

"可怜的河马！"

我还是有些不相信。这种娱乐方式以前真的存在过吗？我有时觉得这些野蛮的游戏全都是由吉诺喜欢的电子游戏设计者发明的呢！

"这么说，角斗士不是一些虚构的人物？"

"当然不是！他们确实存在过，并真真切切地在这里拼命过，而且大部分都是专业人士，自愿加入，还会签契约。"

"不敢相信！"

"1800年前，这类实况娱乐活动跟今天的电视新闻一样平常。"妈妈指出，"哎，你看那里，就在我们下面。"

她指着角斗场的中心。

"那些废墟以前是地下隧道，野兽的笼子就放在那里，角斗士的住处和准备用作牺牲的囚犯的牢房也在那里。在他们头顶，圆形竞技场的首层，就是斗兽场，木地板上铺着一层沙子。在拉丁语中，Arena的意思是'沙子'；我们的四周，那是台阶的遗迹，当时的观众就坐在这里。设想一下当时的气氛和回响在这里的欢呼声！搏斗既暴力又血腥！"

她垂下眼睛，双手捂住耳朵。当她重新睁开眼睛时，我看见两滴泪水挂在她的睫毛上。可爱的妈妈！她是那么激动！可我们每天都能在电视上看到这类斗殴，尤其是在某些冰球比赛上。不过，我要承认，冰球运动员并不袭击狮子……

"为什么地面要铺沙子？"我问道。

"为了吸血。"

"啊！"

"据说，角斗士很少能活到23岁。"她的声音有些迟疑。

"为什么？"

"他们往往到不了23岁就死在斗兽场上了……"

看着这依然矗立着的4层高的建筑，我颤抖起来。然而，斗兽场的整体还是非常漂亮的！

"你想转一圈吗？"妈妈问。

我耸耸肩：

"我们到这里来不就是为了参观吗？"

圆形斗兽场高57米，周长超过500米，所占面积很大，而且没有顶。在这个时间点，阳光晒得非常厉害，幸亏我戴了墨镜，头上扎了印花布方巾。

"起初，"妈妈指着天空，解释道，"角斗场上面张着可折叠的帆布篷。据说，需要2000个海员借助十分复杂的桅杆和缆绳系统才能把它搞上去。篷布用来给前来观看演出的达官贵人遮挡毒热的太阳。"

"啊，观众还分许多等级？"

"是的，根据不同的社会地位来分。尽管大家进门都是免费的，但每个区域都有严格的规定，根据公民的身份来确定位置。斗兽场有80个区别明显的入口，以免让社会高层碰到普通老百姓。比如说，一楼的特别包厢是留给皇帝及其宾客的；留给议员们的是个大平台；有的区域只允许骑士进去；再高一些的地方，是留给富人或中产阶级的；穷人和……妇女坐在最高的台阶上，也就是离斗兽场最远的位置，而且，妇女们要一直站着。"

3月4日星期六

看着4层高的斗兽场,我还是不相信自己会在近2000年后来到此地。

"不是吧?"

"是的。很可惜,男女平等是最近几十年才有的观念。"妈妈做了个鬼脸,说。

"是这样啊!"

看着4层高的斗兽场,我还是不相信自己会在近2000年后来到此地。用大理石和孔石筑成的墙一直竖立在那儿,看着游客从它面前经过。真让人不敢相信!我一边胡思乱想,一边问自己:如果我生活在那个时代,我会过着什么样的生活?我想象吉诺穿着罗马知识分子的长袍,吉娜和我则穿着漂亮的长内衣,不禁笑了。但我也在想,我会是贵族家庭出身呢,还是贫民甚至是奴隶的女儿?也许是贫民的女儿。有时候,当我不得不帮妈妈洗碗、吸尘或整理杂物时,我觉得自己更像是一个奴隶。不过,这是另外一回事……

"当时,"妈妈指着角斗场外面,说,"斗兽场四周到处都是角斗士学校。那些年轻人被当作真正的明星,其中最有才能的享有巨大的名声,有的甚至发了财,不再受主人的监管。历史学家说,斗兽表演每年举办6次左右,那时,各社会阶层的年轻女子都争先恐后地跑来欣赏这些优秀的角斗士的表演。"

我差点打哈欠。

"嗯……你已经知道了?"

"不是。我的肚子突然咕咕叫了,我想去吃点东西。"

真的,男孩们一心想着搏斗,女孩们像敬仰神灵一样敬仰他们,这类故事最后让我厌烦得要死。我才不喜欢暴力和权力斗争呢!

"小宝贝,你的需要就是命令。走吧,我们从这里出去。"

下午2点

妈妈说,在罗马,比萨饼是popolo(即普通民众)最常见的午餐。太巧了,因为我喜欢吃比萨饼!这里到处都有小摊在卖方形的比萨饼。是的,我很快就注意到,这里的比萨饼往往都是方的,至少用来打包带走的比萨饼是这样。意大利人通常说买al taglio的比萨饼,也就是切好的比萨饼,只需跟店家说想要多大的。

"好哩!"他们用一张油纸把比萨饼包好递给你。

真好吃!我昨天吃了,今天还要吃,明天再吃。我和妈妈到梅鲁拉娜路的酷酷玛(Cuccuma)餐馆喝了一小杯咖啡(caffè)。那里的老板对我们非常热情,他家的比萨饼又好吃又便宜,每天都有不少于14个品种。我选择了一块番茄酱和帕尔玛熏火腿(prosciutto di Parma)比萨饼;妈妈要了一块napoletana(那波里比萨饼,有四分之一片新鲜番茄、马苏里拉奶酪屑、新鲜罗勒叶)。

"你想到公园里坐下来吃吗?"

"好啊。"

下午2点15分

我想我已经给你讲过科勒欧皮奥公园,它位于斗兽场和我们很小的套间之间。这是昨天,也就是我们到达这里的第一天首先参观的地方。逛完后,我就确信这是我在罗马最喜欢的地方。除了视野开阔,可以毫无遮挡地看见斗兽场之外,公园里还有许多鸟儿在歌唱,它们在各处喷泉里喝水。公园太大了,我们没有转遍。由于今天是星期六,孩子们没有课,许多家庭都到这里来散心。

我和母亲坐在主干道旁边的一条长凳上,吃着比萨饼,饶有兴趣地看着人们从眼前经过。一个小老太太,挽住一个并不比她年轻多少的女士的胳膊,慢慢地走着,嘴里好像唱着一首非常古老的意大利歌曲。我觉得这歌很好听。一些年轻的父母,自豪地展示着自己躺在有篷婴儿车里的新生儿。他们在跟一些第一次骑自行车的小孩争道,这些大胆的小孩既不戴头盔也不戴护膝。来自世界各国的游客匆匆穿过公园,想近距离看看那个著名的斗兽场。我和妈妈的味蕾因比萨饼而得到满足,眼睛因好奇而睁得大大的,尽量不错过在罗马的这个星期六下午的任何美景。

"天哪!小宝贝,你看那个可怜的小东西!他刚刚摔了一跤。"

"我一点都不感到惊奇。不到两分钟之前,我就看到他试图撒开车把。"

那个勇敢的小男孩五六岁左右,尽管膝盖跌破了,流了点血,但他一点都没有哭闹,迅速地重新骑上自行车。他弟弟也跟他在一起，应该才3岁多一点，在他旁边跌跌撞撞地走着。看到哥哥受了伤，弟弟指着哥哥的伤口大哭起来。那个勇敢的小自行车手马上从坐骑上下来，抱住小弟弟，吻了他几下，表示安慰，并向他保证说，自己一点都不疼。我没有全都听懂，但意大利语和法语很相近，所以我能听懂大概的意思。

"太可爱了！"我激动地说。

"是的，我也觉得很可爱，"妈妈表示同意，"Carino！"

"你说什么？"

"Carino，意大利语的'可爱'。"

"啊，你现在会讲意大利语了？"

"哈，全靠这本书。"她扬了扬一本名叫《意大利语十课》的手册。

"哦……"

我觉得在未来几天我们将玩得很愉快！

离我们不远的地方，有五六个年轻人（清一色的男孩），年龄好像在8岁到14岁之间，正聚在一起踢足球。其中有几个挺可爱的，尤其是两个长发扎成发髻的男孩。我注意到,尽管他们好像玩得很认真,但像所有的男孩一样,他们还是想向人们炫耀,让别人知道他们有多机灵。年龄大的很友好,很关心年龄小的,因为年龄小的很难触到球。"Bravo!"("太好了!")他们不断地互相喝彩。这种礼貌让我很吃惊,也让我很感动。

我饶有兴趣地看着他们,听他们说话,看他们踢球。意大利语是一种富有音乐性的语言,很好听,而且,意大利人说话时也常常做手势。我都想加入他们的游戏了!我很好奇他们是否会接受我……我不敢问他们。事实是,我很怕被排斥。排斥也许是最大的侮辱,是人所能够遇到的最糟糕的事情。我希望自己永远不会被人排斥。

下午2点45分

比萨饼一吃完,我就不想回去了。不管怎么说,今天是星期六,星期六下午有无数事可做。

"妈妈,我们现在去哪?买东西?"

(一个小心试探的女孩。)

"不行,但我想我们可以去看看特莱维喷泉(fontana di Trevi)。"

"这不会是卖家庭游泳池的商人吧?"

老妈笑了:

"那是一个非常出名的喷泉。"

"那个喷泉有什么值得我们去的呢?我们周围到处都有喷泉。"

"据说它能满足人们的愿望。"

"你不是拿我开玩笑吧?"

"绝对不是。人们从世界各地来到那里,扔下几枚硬币,充满希望地想看到自己的愿望得以实现。"

"那我们赶快去吧!"

许几个愿,它们很有可能会实现。这我喜欢!

下午3点20分

从我们所在的地方到那个著名喷泉,要在附近的梅鲁拉娜路的维克托·伊曼纽尔(Vittorio Emanuele)[①]

[①] 维克托·伊曼纽尔(1820—1878),意大利统一后的第一个国王,1861—1878年在位,有"祖国之父"之称。

3月4日星期六

地铁站搭乘地铁A线。我喜欢坐地铁出行,我们在纽约和巴黎都坐过地铁,所以我很高兴能在我的地铁乘坐纪录上加上罗马地铁!不过,买票好像有点复杂。自动售票机上只有意大利文和英文的指引说明……对老妈来说,在法语键盘上操作就已经够为难她了,至于我们要买那几张票有多麻烦,我就不具体告诉你们了!让人无语的是,她那本《意大利语十课》手册此时竟然对我们毫无用处。好了,我想还是不说了吧……不管怎么样,我们毕竟上车了!

按照妈妈的那本旅游手册(《罗马必去的十大景点》)指引,我们在巴贝里尼(Barberini)地铁站下了车,那里就更复杂了。地铁当然不能直接开到喷泉跟前。回到地面,我们看不见任何标志,根本不知道应该往哪里走。老妈手里拿着地图,眯着眼睛,低头看着蜘蛛网一样纵横交错的马路。凭她的方向感,我想,如果我不帮她一把,我们很快就会迷路……

"妈妈,你不知道怎么走吗?怎么会呢?"

"朱丽叶——特,你要知道,罗马的历史长达2800多年,所以有很多街街巷巷。我找不到北也很正常!"

"可你不是有地图吗?"

"我是有地图,而且我在地图上找到了那个喷泉,但我不知道我们现在究竟在什么地方。"

"那你的旅游手册呢?它怎么说?"

"根据我的旅游手册,我们出了地铁口应该在第三条马路左拐。"

"这不是很简单吗?"

"是的,可我不知道哪里是左哪里是右。你可能没有注意到,这个地铁站有4个出口,我不确定我们走的出口是对的。"

"问问不就知道了吗?"

"嗯……是的,你说得对,我去问问。"

老妈一副迟疑不决的样子,慢慢地在人行道上走了几步,她是想找个合适的人问路。她和我一样,都属于比较害羞的人,我觉得她是害怕别人不理她。而且,我也不知道她会的意大利语是不是够用……最后,她终于在一个刚刚从韦士柏(Vespa)轻便摩托车上下来的人面前停下脚步。这是一个英俊的男人,40岁上下,蓝眼睛,没有胡子,一头黑色的鬈发，但是很短。看他穿西装打领带的样子，他好像是吃完午餐回办公室，尽管今天是星期六。（意大利人好像在下午2点到4点间吃午餐。要是我，早就饿死三回了。）

"Hi! Scusi signore? Do you know, dove, euh... where is la fontana di Trevi?"（"嗨！对不起，先生。请问特莱维喷泉怎么走？"）

老妈的意大利语夹杂着英语，显得那么落魄，让那个行人都不敢粗暴地对待她。确实，他一脸惊讶地看着她，好像遇到了一个……火星人。

"Che dice？"（"你说什么？"）

"Fontana di Trevi."（"特莱维喷泉。"）母亲重复道，像是在哀求。

那个陌生男人和蔼地笑了笑，好像有一道光刚刚照亮了他的灵魂。

"Questa strada，"（"这条路，"）他指着我们前面的那条路，说，"sempre dritto."（"一直走。"）

他继续笑着，鼓舞人心，好像在等母亲完全弄明白。可我已经全都明白了。

"他说沿着这条马路一直走。很容易啊！"

好像我一下子就能流利地说意大利语似的！不管怎么样，我觉得意大利人还是很和气的。我突然觉得，星期一，学校里一切都会很顺利。

"Grazie mille!"（"非常感谢！"）老妈说，甚至有点遗憾的样子。

看她对他露出的笑容，我觉得她好像想问更多的问题……

下午3点35分

我们继续寻找，但那个著名的特莱维喷泉并不那么好找。在这条路上散步的人太多了，而一路上又到处都是喷泉。于是我想，我们会不会经过那个喷泉时全然不知，而是径直走了过去。况且，所有的喷泉好像都差不多啊！我问自己，为什么一定要找到那个喷泉呢？

走了一刻多钟后，妈妈开始表现出有些慌乱。

"Sempre dritto, sempre dritto.（一直走，一直走。）这好像非常容易，但我还是什么也没看见。你找到那个喷泉了吗？"

"妈妈,你想再查一下地图吗?地图在我这里。"

"好吧,把地图给我。"

她皱着额头和眉头,朝我递给她的那张旅游图低下头,就像我们差点在亚马孙丛林中迷路了一样。

"我们现在在特里东(Tritone)路,正常情况下,喷泉应该在它与斯坦比利亚(Stamperia)大街交会的什么地方。朱丽叶,你能看看右边与特里东路交叉的那条路叫什么名字吗?"

我白白伸长了脖子,马路的名字一点都看不清楚,好像意大利人不遵守此类规则。

"妈妈,我什么都看不见。你觉得我们离喷泉还很远吗?"

"我不太清楚,最好还是再问问人。"

"可那个好心人刚才让我们一直往前走。"我坚持道。

"我知道,但我想我们可能已经经过了那个可恶的喷泉。到处都是人,我不知道看哪边才好,而且我刚才忘了问那个人喷泉是在我们的左边还是右边。"

"嗯……"

当老妈说出"可恶"这个词时,表明她已经失去耐心，最好还是不要惹她。不管怎么样，她现在已经拦住一个看起来很和气的年轻女子。

"您好……Scusi, signorina? Do you know where is la fontana di Trevi?（对不起，小姐。您知道特莱维喷泉在哪里吗？）"

"I don't speak English."（"我不懂英语。"）那个女行人耸耸肩，说。

"No, no English, fontana di Trevi, where is it?"（"不，不是英语。特莱维喷泉在哪里？"）妈妈双手大幅度地比画着，我想她是在模仿喷泉。

那年轻女子的脸突然放光了，莫非是妈妈的模仿才能起作用了？

"Sempre dritto."（"一直走。"）她转过身，指着我们来的方向，说。

"Grazie molte."（"非常感谢。"）妈妈显然很迷惘。

然后，她转身对我说：

"我们好像经过它了，却没有看见。得往回走。很抱歉。"

我也觉得应该是这样。

3月4日星期六

下午4点

我们最后终于找到了那个喷泉,但谁能相信呢,就那么点水柱和几个雕像,竟然跟斗兽场一样吸引了那么多人!大批游客在这里推来搡去,人多得让人不敢相信。真的,我不骗你。喷泉四周的人确实太多了,我们很难靠近。就为了一个水柱?又不是蕾哈娜或贾斯汀①!就在这时,两辆大巴车在我身边停下。就差那么一丁点,这两个庞然大物就压到我的脚了。

"喂,你们能不能当心一点?"

两辆大巴车的门一开,十几个拿着手机和自拍杆的日本人就匆匆下车。我再伸长脖子也没用,因为我前面全是人,我什么都看不见。

"妈妈,告诉我,这个喷泉有什么特别的地方,竟然吸引了这么多人?我们就不能对来这里的路上看见的其他喷泉投币许愿吗?"

---

① 蕾哈娜(1988—),在美国发展的巴巴多斯籍女歌手、演员、模特。贾斯汀·比伯(1994—),加拿大男歌手。

朱丽叶游罗马

"小宝贝，这个喷泉之所以出名，是因为在许多电影中都能看到它，而且，在水池里投硬币的传统就是从这个喷泉诞生的。此外，它好像也确实很壮观，罗马人喜欢宏伟的东西。这个喷泉建于18世纪中叶，用的是跟斗兽场一样的石头，有非常漂亮的雕像。这是世界上最大的喷泉之一，据我的旅游手册说，也是世界上最漂亮的喷泉之一。不能不近距离地欣赏它！来，我们再试着走近点。"

妈妈紧紧地抓住我的手，决定无论如何要往前走。天哪！我确实是第一次不得不用臂肘来挤出一条通道，去看一个吸引众人的喷泉。我们踩到了好几个游客的脚，避开了不少人愤怒的目光，终于在离警戒线两步远的地方看到了喷泉的全貌。

"哇！"我不由自主地大喊一声。

让我大吃一惊的是，喷泉全部都是用白色的大理石做的，真的很壮观。水池跟我学校附近的游泳池差不多大。太漂亮了！池中有个巨大的海神雕像，从他的脚底有力地喷出一股水柱。

"这是海洋之神，"老妈告诉我说，"他坐在一辆由两匹海马和两个侍从拉着的大车上。这两个侍从也是海里的神,有着人身鱼尾。"

"啊,"我说,"就像迪士尼动画片《小美人鱼》中的海王?"

"嗯……你愿意怎么想就怎么想吧,总之是象征大海的两个方面,其中一匹马很安静,另一匹似乎焦躁不安。"妈妈问我,"你喜欢吗?"

"嗯,喜欢,喜欢。"

(亲爱的妈妈,她总是那么坚决地要把我变成我们街区里最有教养的年轻人。)

"我们怎么许愿?"

"根据传统,要背对喷泉,右手往喷泉里扔一个硬币。如果你严格按照这个办法来做,不但你的愿望可以实现,而且,作为回报,你将来要回罗马一次。这是'一箭双雕'。"

"好吧,我同意!"

问题是,我们离喷泉边缘还有点远。必须投得很准。妈妈给了我一个五毛钱的硬币,她自己也拿了一个。(应该承认,许自己最喜欢的愿,五毛钱不算贵。)我们转过身,投出了两个硬币。

两次响亮的"扑通"声向我们证明,行动成

朱丽叶游罗马

根据传统,要背对喷泉,右手往喷泉里扔一个硬币。

功。耶！嗯，什么？你想知道我许了什么愿？嘿嘿嘿！我只向你透露一点，它跟吉诺有关……这下，你什么都知道了，或者差不多什么都知道了。

"到了年底，喷泉里一定有很多钱，因为有这么多硬币。"我看到喷泉里铺满了钱，都看不见池底了。

"你现在所看到的硬币跟人们一年当中所扔进去的硬币相比，算是九牛一毛。"妈妈说，"想象一下，每天早上，游客还没到来的时候，池内的循环水被切断，市政厅的职员在警察的监视下，把这些硬币都收起来。每天总共有2000欧元左右。"

"哇！你是说，池里的钱都是今天早上才投的？现在已经有2000欧元左右了？"

"一点没错。"

"市政厅拿这些钱去干什么呢？"

"据说，它负责把钱交给某些协会，用来帮助穷人。"

"啊，那我的愿望怎么办？"

"我想，虽然你投的钱明天就会被收走，但这不会妨碍你实现自己的愿望。重要的是要坚定不移地相信它。"

"这一点我相信。"

"很好。"妈妈笑着肯定道。

奇怪,看到她的这种笑,我觉得她好像猜到了我许什么愿。我常常有一种不好的感觉,觉得母亲有一种先知先觉的本领,或者说,她能看出我在想什么。我觉得这太没意思了……

下午5点30分

在回住处的地铁上,车厢里的人满满的,没有座位。让妈妈惊讶的是,一个年轻人急忙站起来给她让座。她惊讶得半天都没合上嘴,苍蝇都可以飞进去了。(当然,我是在开玩笑。我在地铁里没有看见任何昆虫,但老妈惊讶的时候常常张大嘴,这也是事实。)她最后还是坐下了,用意大利语感谢了那个小伙子,可我怀疑她在剩下的旅途中会想,那个小伙子给她让座是出于风度呢,还是她已经变得像个小老太婆了。我自己也很困惑……哈哈哈!

到了维克托·伊曼纽尔地铁站,我们步行走完了剩下的一段路。这时,我有点生气,因为妈妈

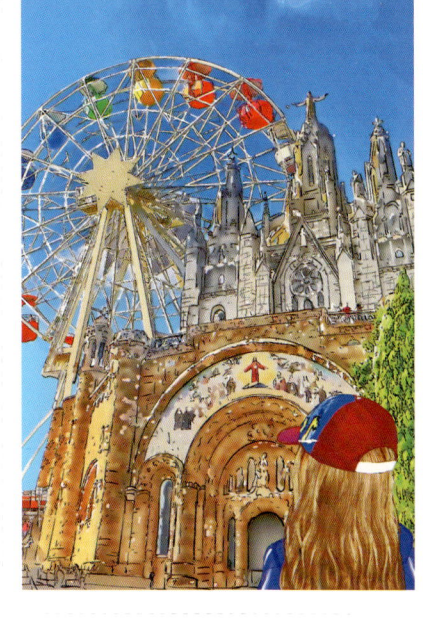

3月4日星期六

刚刚告诉我说,今晚我们要跟她的朋友纳塔尼埃尔·拉德克里夫一起用晚餐,也就是那所法语中学的学监。我要在那个学校待一周呢!本来是多么愉快的一个晚上!我星期一就要见到他了,之后的每一天都一样。在大部分时间里,成年人都非常烦人!你不觉得吗?

"我们晚上8点才吃饭,我建议先到住处的楼下买点雪糕吃,"她接着说,"然后我们慢慢上楼,洗个澡,准备准备。你觉得怎么样?"

"嗯……被母亲拉着满世界跑,在春假里,她除了让我去法语学校上课就没有更好的主意了。我觉得这真是个灾难。再说,学监,究竟是干什么的?"

"这是中学给校长安的一个头衔。"妈妈回答说,她并没有被我的连珠炮打得措手不及。

"越来越妙了。如果你的朋友是个舞蹈老师或是音乐老师,那可能还比较好玩。"

"你凭什么说他不好玩?他魅力十足,我向你保证。"妈妈假装没有注意到我的情绪很低落,亲切地说,"哎,这种雪糕你要吗?"

"你愿意要就要吧!"我低声抱怨道。

下午5点45分

世界上最好吃的雪糕好像是意大利雪糕（根据妈妈的说法）。不管怎么说，我们选择的那家雪糕店非常诱人，除非你是铁石心肠，否则，面对那么多口味的雪糕不可能不动心。我们还以为这是一家糖果店呢！为了让你有个概念，这么说吧，面对着榛子雪糕杯、酥皮雪糕杯、巧克力雪糕杯、蜂蜜雪糕杯、玫瑰雪糕杯和覆盆子雪糕杯，我犹豫不决。最后，"我的小母牛脚痛了"①，决赛资格落在了榛子、酥皮和巧克力上。真好吃啊！我没有后悔自己的选择。

雪糕能平息所有的或几乎所有的痛苦。

晚上6点30分

我利用妈妈洗澡的当儿试图在FaceTime②上联系吉诺。如果我没有算错的话，现在魁北克是中午12点30分，我的那个好朋友应该正在玩电子游戏。

---

① 加拿大儿歌。
② 苹果电脑和苹果手机上的一款视频通话软件。

3月4日星期六

吉诺：珠儿，是你啊！你好吗？都顺利吧？

我：我很好。嗨，吉诺，能看到你并且能跟你说话，我太高兴了！

吉诺：美女，我也跟你一样高兴。怎么样，那里的一切都好吧？你去参观斗兽场了？

我：参观了，漂亮得不可思议，比你电子游戏中的斗兽场还要大，还要震撼。今天上午，我是多么希望你能跟我在一起啊！确实，这里的一切都很美、很奇特。我希望你能来看看这里的树木，它们真的令人难以置信。我待会儿在Instagram[①]上放些照片。还有，在科勒欧皮奥公园，很多花和鸟我以前都没见过。我还得跟你说说我刚才吃的雪糕，我想这是我这辈子吃过的最好吃的雪糕。哦，对了，这里的房子外墙是红色、橙色或是黄色的，有阳台和百叶窗，阳台的栏杆是铸铁的，确实很漂亮。我很希望将来有一天也拥有一栋这样的房子。

吉诺：厉害！你长见识了！慢慢说，我听着。你好像比平时激动，我没搞错吧？

---

① 一款分享图片的社交应用。

他笑起来的时候整张脸都跟着笑。我的吉诺,他多帅啊!我已经开始想念他了!他在世界的那头,我在世界的这头,我能在屏幕上看见他,这太神奇了!我有那么多话要跟他说,但不知道从何说起。

> **我**:你完全弄错了。事实上,我也注意到了,没有十全十美的事情。总之,在我这个北美人看来是这样。在把我们从机场送到住处的小巴里,安全带都坏了,当我向司机指出来时,他一点都不在意。在路上,他打开车上的收音机,给我们放20世纪80年代的英文歌,自己却戴着耳机用iPod听意大利摇滚乐。太不安全了!如果车子被撞到,天知道我会怎么样!你知道吗,到处都是废墟,我有时在想,难道就不能修一下,让城市变得不那么……总之,我的意思是说,变得没那么破旧。还有,每个角落都有涂鸦!不但建筑物的墙上有,停在马路上的小卡车、垃圾桶、路桩甚至公共汽车或地铁车厢上也有。真是疯了!
>
> **吉诺**:哇!你看到了一些让人惊讶的东西。真幸运!
>
> **我**:你知道最糟糕的是什么吗?
>
> **吉诺**:不知道,是什么?

3月4日星期六

> **我**：你还记得吗，我亲爱的妈妈在罗马的一所中学给我注册了一个星期的课？我星期一上午就要开始上学了。但最糟糕的是，这是一所贵族学校，学生们肯定都很讨厌，都赶时髦。
>
> **吉诺**：不一定吧！我敢肯定他们都超级优秀，你会找到一些对你很友好的同学的。
>
> **我**：超级优秀？不如说超级地狱吧！肯定的！你怎么能老是违背事实呢？好像他们的优点多于缺点。
>
> **吉诺**：我想我是个很阳光的人，而你呢，我的珠儿……也许事实恰恰相反。你有时往往只看到事情或人消极的一面。不过，尽管如此，这无损你的魅力。我爱你现在这个样子，这是肯定的。
>
> **我**：哼！

他急急忙忙加上最后一段话，好像怕我不把他的表白当一回事。不过我也在想究竟应该怎么看待这件事……想了一会儿之后，我耸耸肩，心想，如果这话是吉诺说的，应该不会有什么错。

> **吉诺**：你就是害怕遇到你不认识的同学，是这样吗？你担心被人议论？

> **我**：是的，有点害怕。
>
> **吉诺**：我了解你，你实际上比你看起来的样子更害羞，也更强大。我敢肯定，到了最后，你跟那所学校的同学会相处得很好的，尽管他们有可能跟你很不一样。好了，我在精神上绝不会离你太远，我会支持你的。
>
> **我**：谢谢，吉诺。你真是一个女孩所能拥有的最好的朋友。
>
> **吉诺**：我妈叫我了。明天我爸生日，我们要去买东西。我们改天再聊？
>
> **我**：好的。再见，吉诺。
>
> **吉诺**：拥抱你，美女。

我给他送去了无数个飞吻，直到他的脸从屏幕上消失。吉诺说得对，当我表现出消极的时候，往往是因为我害怕。不过，也没有任何迹象表明，去那所名校上学就没意思。最好还是先等等，不要生气……我应该学会用鼻子呼吸。妈妈冥想的时候不就是这样吗？"呼……"我模仿母亲盘腿而坐，双手放在大腿上，掌心朝上，闭着眼睛，只用鼻子呼吸。

成了！我感到好多了。

3月4日星期六

晚上8点

妈妈的那个朋友约我们在离斗兽场不远的一家小餐馆见面,克洛迪娅路,离我们住的地方步行只要5分钟。夸兰塔酒馆(Taverna dei Quaranta)位于一条安静的小马路上,装饰漂亮而热烈。老板把我们当作朋友来接待,因为他好像跟纳塔尼埃尔·"拉德什么的"很熟。我老是记不住她朋友的姓,这让我有时会抓狂。因为,当母亲把他介绍给我,我向他伸出手的时候,我就是想不起他姓什么:

"很高兴见到您,拉德——嗯——拉德先生!"我轻声地说,低着头,脸红得像个番茄。

"拉德克里夫,但你可以叫我纳塔尼埃尔,朱丽叶,只要你允许我叫你珠儿。好像你的朋友们都是这样叫你的。这是你妈告诉我的。"

"嗯,好啊。"

这次,妈妈好像没有骗我。拉德克里夫先生确实很和善。如果他学校里的学生也像他这样,去那里上学也许会不那么痛苦……

晚上8点30分

在意大利生活的好处，显然是这个国家发明了意大利面以及博洛尼亚肉酱（alla bolognese），也就是著名的意大利肉酱。大家都知道那种肉酱，那也是我最喜欢吃的东西！猜猜我点了什么？纳塔尼埃尔说，意大利肉酱之所以叫博洛尼亚酱，因为它是意大利北部的一个小城市博洛尼亚发明的。妈妈点的是卡博纳拉通心粉（carbonara）。还是据纳塔尼埃尔说，卡博纳拉是罗马地区典型的调味汁，里面加了肥猪肉丁、蛋黄、芝士粉和黑胡椒粉（哈，我还是更喜欢我自己点的餐）。至于纳塔尼埃尔本人，他点的是阿马特里切面（amatriciana），调味汁是用番茄、很辣的辣椒、肥猪肉丁和帕尔玛奶酪制成的。这种调味汁好像来自罗马东北部的小城阿马特里切（Amatrice）。意大利人真了不起！在加拿大也一样，许多调味汁也以城市的名字来命名，如拉瓦尔、马塔纳、席库提米、魁北克，等等。嘿嘿，其实，既然大家都喜欢意大利肉酱，还有什么必要发

3月4日星期六

明其他酱汁呢?总之,这些意大利面是我吃过的最好吃的东西。这话是珠儿我说的。(嘘,别让妈妈听见!)

"哎,朱丽叶!慢慢来,要细嚼慢咽。"妈妈训斥我说。

"噢吧。"我口齿不清地说,双腮鼓鼓的,像松鼠那样。

3月5日星期天

上午10点10分

今天是星期天，也是我的最后一个休息日了。为了好好地度过它，我们准备去看"真言之口"（Bocca della Verità）。那是希腊圣母堂（Santa Maria in Cosmedin）门廊上的一个东西，妈妈告诉我。

"完了，"我想，"她要带我去望弥撒了。"但最后好像并不是那么一回事。根据她那本旅游手册，那是一个神奇的地方。不不，那不再是一个喷泉，而是一座雕像。关于这座雕像，还流传着一个传说。我急于知道那究竟是什么东西。我们一到那里，我就告诉你。

今天早上，天气还是很好。早餐一吃完，我们就往科勒欧皮奥公园和斗兽场的方向走去。在罗

3月5日星期天

马,大部分街道都很狭窄,弯弯曲曲,铺着好几百年前的石板。要当心脚下哦!我们经过一排排房屋,从窗户传来阵阵笑声。这里的人们好像都很幸福,这让我也感到很幸福。而且,我喜欢在我还不熟悉的城市里散步,20世纪的门和阳台都很壮观,有那么多东西待发现、可欣赏,让我目不暇接。

我们现在要去的教堂好像位于斗兽场和旧帝国议事广场东面的历史区。议事广场是古代公民聚会、从事政治和商业活动的公共广场,现在只剩废墟了,但去那里走走仍然让人震撼。这个遗址很大,想象自己正走在耶稣基督时期的东西上,这种感觉真是太奇妙了!人们说,罗马是个永恒的城市,这一点都不奇怪。如果眯起眼睛(在这到处都是穿着沙滩大短裤、T恤衫、拿着照相机的胖游客的广场上),我似乎可以看见过去的肉档、理发店、家禽店和其他商铺,脑海里回响着旧日马路上的喧闹声,妇女们在用陶瓷在喷泉里打水,或者买几米布用来做长袍。

应该承认,我慢慢地被这座城市吸引了。古今结合,新旧相融,如此美味的食物,动作那么夸张的罗马人（他们好像更擅长用肢体语言来表达，而不是通过说话），这种阳光，这个太阳……哇！我不知不觉地被迷住了！

上午10点40分

我们现在到了真言之口广场（piazza della Bocca della Verità）。我知道，作为一个地名，它既好笑又严肃。妈妈告诉我，古代的时候，这里有个卖牛的市场。这不是更滑稽吗？（今天，谁还会在市中心买牛卖牛？）广场上也有一个漂亮的喷泉（但没有人群），叫特里同海神喷泉（fontana dei Tritoni）。我们要去参观的教堂在马路对面。进去之前，妈妈告诉我：

"根据中世纪的传说，我们要去参观的那个雕像会咬掉说谎者的手。"

"是吗？你不是骗我的吧？不！"

我拼命地摇头，她是想吓我！

"这不是我说的，而是我的旅游手册说的。你还想去吗？"

3月5日星期天

"嗯……"

妈妈没等我回答,就哈哈大笑起来,拉着我往里走。

"走了,小宝贝,我们进去。"

你撒过谎吗?没有?我是认真的,别笑。我承认,我有时会撒谎。但我不认为因此就要失去一只手。哎哟!事实上,如果我将受到惩罚,或者考试考砸了,为了不让朋友们或老妈难过……我会撒谎。比如那天,当历史老师想知道我为什么没有完成作业时,我回答说,是因为我母亲要求我帮助她清洗冰箱,其实,那天我一晚上都在电脑上跟吉诺聊天。为什么?因为我不知道老师会给这个作业打分。

妈妈说,那个大理石雕像是公元1世纪的作品,它用一块圆形的大理石,雕刻成一个大胡子男人的脸。我得承认这张脸十分可怕,他的眼睛,尤其是嘴巴像是巨大的黑洞。我们面前再次出现了长队,但等待的时间并没有太长。这件事似乎非常严肃,因为大家都在紧张地窃窃私语,攥着双手在等待……救命啊!

上午11点05分

轮到我们了。但我一点都不想把手伸进那个……那个东西的嘴里,甚至连妈妈都犹豫了片刻。她看着自己的双手,选择了左手(这肯定有猫腻!),慢慢地伸出手指。她像一个魔术师,抬头望着高处,突然,她飞快地把左手伸进去,又飞快地抽出来了。

"妈妈,你肯定没有作弊吗?"

"绝对没有。好了,该你了!"

"哼,"我耸耸肩,说,"这种迷信的东西,我才不会相信呢!谢谢,我不伸。"

"好吧,随你的便。"母亲眨眨眼,露出一丝嘲笑,让步了。

"完全不像你想的那样,妈妈。"

"我根本就不信,放心吧。总之,根据我们的旅游指南,这块石板原先不过是一块普通的阴沟板……"

(哈……她为什么不早说?)

3月5日星期天

上午11点15分

快到中午了,该想想午餐吃什么了。老妈建议我们去台伯河(Tibre)对岸一个叫作特拉斯泰韦雷(Trastevere)的街区,下午就在那里逛。

"名字不错,但那里有什么?"

"那是一个非常有特色的街区,似乎可以在那里找到许多trattorie。"

"trattorie是什么东西?"

"意大利语叫'trattoria',意思是小餐馆,通常都很便宜,吃的是意大利的传统美食,面食、比萨饼和其他好吃的东西。"

她笑了。

太巧了,我饿了,早餐好像已经过去一千年。

我揉揉肚子。

"我太了解你了。那就走吧!"她拉着我的手。

上午11点30分

从希腊圣母堂往西走几分钟,就到了台伯河。当地人把它当作一条河,但在我看来,这不过是一条小溪,因为它并不是很宽。我们穿过帕拉蒂尼桥,到了对岸,又走了十来分钟,来到一个十分漂亮的广场,又有一座教堂在广场上等着我们——特拉斯泰韦雷圣母院(Santa Maria in Trastevera)——好像罗马有多少居民就有多少个教堂!妈妈告诉我,"特拉斯泰韦雷"的意思是"台伯河对岸"。意大利人总是有自己的想法!妈妈还说,古代有个传说,说这个教堂是盖在一个油井上的,耶稣诞生那天,那里神奇地冒出了油。毫无疑问,关于这里的传说多了去了!

有件事情可以肯定,广场四周的街区确实像童话里的一个村庄。大部分街道都是步行街,房屋的外墙非常好看,我老是想停下来用我的iPad拍照。商铺都那么漂亮,平台那么诱人,到处都是流动商贩和街头艺术家,游客和当地居民一样多。我马上就喜欢上了这个地方,声称这是"我在罗马第二喜欢

3月5日星期天

的地方"。哦！这里的气氛是多么浪漫啊！我很希望吉诺也能在这里跟我手拉着手一起散步。我希望吉娜也在这里，但跟她在一起我更愿意逛商店。

中午12点30分

由于我的胃不断地咕咕叫，我们选择了卢西亚诺·马纳拉路（via Luciano Manara）的一家餐馆，在露台上找位置坐下。这里的价格似乎非常合理。餐馆叫作Carlo Menta。名字很滑稽，你不觉得吗？

妈妈点了几片戈尔贡佐拉（gorgonzola）。你知道"戈尔贡佐拉"是什么东西吗？那是一种绿色的奶酪，也就是说，在奶酪里引入了霉菌。呕！我嘛，我点了一碗意大利面，加番茄肉酱。质量有保证。在意大利，如果进餐时要喝水，大多是要在点餐的时候点的。acqua minerale gassatta o liscia，意思是"带气泡的或不带气泡的矿泉水"。不难懂嘛！侍应生每种都给我们端来一大瓶。天哪！我在想，我们怎么喝得完。

朱丽叶游罗马

下午2点

吃完午餐,我和妈妈简直可以说是"挪着"离开露台的。噗!因为,在罗马,饭菜的分量太大了。从现在起到晚上,我什么都吃不下了。这毫无疑问,除非被刚才那样的小雪糕所诱惑……

"走着瞧吧,"妈妈温和地说,"如果你继续这样下去,我很快就要叫你小胖子了!"

(不,饶了我吧!)

为了帮助消化,我们决定去爬雅尼库卢姆(Janucule)①,那是在我们现在所处位置西边的一座小山。从山上看下来,据妈妈从不离身的那本旅游手册说,"罗马的景色无可匹敌"。我在想,从那里是否也能看见斗兽场?

---

① 雅尼库卢姆指罗马台伯河右岸的所有山丘,也包括现在仍叫雅尼库卢姆的那座山以及梵蒂冈山。

3月5日星期天

下午2点45分

我很热!雅尼库卢姆不属于罗马富有传奇色彩的那几座山,那些山主要在台伯河对岸,但要登上去也很不容易。〔我承认Janucule这个名字很怪,听起来有点像clavicule(锁骨)或ridicule(可笑),但在意大利语中,它好像念Gianicolo(贾尼科洛)〕。这就更滑稽了,不是吗?

不过妈妈(或者说是她的旅游手册)说得对,从这里看下去,罗马的景色真的是壮观极了,我们甚至可以看到周边的乡村,绿油油的,光闪闪的。哇!我深深地吸了一口气。在罗马的前三天过得真不错。我所见的一切,或者说差不多所见的一切都很吸引我。我多么希望剩下的5天时间也能这样度过啊……

"妈妈,我们能不能下山找地方吃个雪糕?"

晚上10点30分

我们是晚上6点回到住处的。由于明天的事情很多,我们商量好今天晚上就安安静静地在房间里看电视。不幸的是,我必须承认一件明显的事:我的意大利语不行。那些演员说话都那么快,我听不懂他们在说些什么,最后,我感到厌烦了。我尝试过在FaceTime上联系吉诺和吉娜,但他们两人都不在线。我在想这是为什么……不管怎么样,我9点半就上床睡觉了,但翻来覆去怎么也睡不着。当然,时差在作祟,但我也有很多心思。我也许不该想太多,但没别的办法。

你也有担心得睡不着的时候吗?

3月6日 星期一

上午7点05分

"快,朱丽叶,起床!"

"嗯。"

"朱——丽——叶,起——床!"

我想,这不是一个噩梦又是什么?别对我说你不知道我想干什么!现在是春假的第一天,老妈先是让我起床,然后就吼着让我去上学。救命啊!也许我用枕头捂住耳朵可以改变这个梦,或者更好,让我睡到下星期六才醒来……

"朱——丽——叶!"

糟了!战术错了。老妈吼叫着过来了,掀开了我的被子。

"妈,求求你了,别这样——"

"别这么不听话。起床!快点穿好衣服。你的早餐已经放在桌上。从这里去夏多布里昂中学坐地铁要好几个站呢!地铁里可能有很多人,你8点30分就要上课。快,努努力。小宝贝,就算是为我了。"她的声音温柔下来,补充说。

可怕啊……我觉得自己就像个奴隶,古罗马的女奴隶主想说服她,对她说,送她上斗兽场,让她给狮子当饭吃,是为了她好!

上午7点45分

匆匆地穿过科勒欧皮奥公园后,我们上了地铁B线,从尼古拉·萨尔维路(via Nicola Salvi)另一头的斗兽场站出发。在公园里叽叽喳喳叫着的鸟儿看见我这么早就来了,肯定十分惊讶。它们好像在给我的潜意识发送这样的信息:"可怜的珠儿,你这是要去哪儿呀,脸上还有枕头印?如果你不想去,又为什么这样急匆匆?不如跟我们在这里待一天,我们可以一起玩。"

车厢里人满为患,我们被挤得像沙丁鱼。我

不喜欢陌生人挨我这么近！但不管怎么样，这不是在魁北克，这是肯定的。来自各地、肤色不同的人同在这节车厢里旅行，这很有意思。但大家都不说话，几乎所有的人都是一副郁郁寡欢的样子。这次，没有人站起来给我妈让座，因为车厢里挤得针都插不进，门一开，人们就使尽各种办法上车。天哪！现在是上午7点55分。有人踩了我的脚。我大口呼吸着，但仍然透不过气来！我怎么会老是陷入这种荒诞的境地？

上午8点

我们在卡斯特罗·比勒陀里奥（Castro Pretorio）站下了车。终于可以呼吸到新鲜空气了！

"好了，"妈妈展开城市地图，说，"从这里出发，我想我们走十来分钟就可以到了。必须沿着卡斯特罗大街，一直走到转盘，然后往帕特里齐别墅（Villa Patrizi）路走。你的学校就在那条路的31号。"

"哼，你怎么说就怎么走吧！"

"走了，小宝贝，别这么垂头丧气。我向你保

朱丽叶游罗马

证，一切都会很顺利的。"

"……"

这个街区很安静，也很漂亮。鸟儿动听的歌声似乎一直跟我跟到这儿，这让我有点改变了看法。我重新活了过来。房子的露台由大理石柱子支撑，满眼都是鲜花，处处都让人感到富裕和奢华。我离在魁北克圣罗什区的家已经很远很远。我们很快就看到夏多布里昂中学了。哎哟！好大呀！几乎可以说是一座城堡！也可能是一座金色的监狱……

"看，小宝贝！很漂亮，不是吗？好像是在《公主日记》①里！你将和罗马上流社会的年轻人度过美好的一周。多么荣幸啊！纳塔尼埃尔已经在那里等我们了。纳塔尼埃尔！纳——塔——尼埃尔！"

老妈激动得不得了，她一边喊着纳塔尼埃尔的名字，一边向他使劲招手。在门口说话的几个学生转过身来，不解地望着我们，有的还露出了嘲笑的神情。我原来还希望我们能悄悄地来，这下完了。妈妈，你真是太棒了！唉……

---

① 《公主日记》是美国作家梅格·卡伯特（1967—　）的一系列青春文学作品，讲述的是一个少女的传奇故事。

上午8点30分

纳塔尼埃尔带我们匆匆地参观了一下学校后,我古怪的妈妈便拥抱了我(不用说,当着所有人的面。我感到很羞耻!),答应下午2点,也就是罗马的午餐时间回来找我,然后就离开了。现在,不可避免的时刻到来了:我得去上我的第一堂课了。哦,不,我发现自己的腋窝已经湿透了!我一整天都不能把上衣脱下来了。

"这是一堂法语课,"纳塔尼埃尔在门口告诉我说,"莫里瓦尔小姐非常和蔼。你会喜欢她的,我可以肯定。"

我真的很想相信他。事实上,我确实非常希望他说的是真的。我们在同学们好奇的目光下走进教室。他满脸微笑,似乎是来宣布一个好消息的。我呢,浑身大汗,好像刚刚跑完100公里。

女教师是一个漂亮的褐发姑娘,应该在25岁左右。她对我灿烂地笑着,向我伸出手来,表示欢迎,这让我感到放心了一点。纳塔尼埃尔立即对全班同学说：

"小姐们、先生们，你们好！"

"您好，学监先生！"学生们异口同声地回答。

如果不是因为心里紧张，我想我会笑出声来的。在我上学的中学里，校长跟学生们说话从来不会先说"小姐们、先生们"。总之……

"我现在要向你们介绍一个非常特别的人，"说着他站到我后面，热情地把双手放在我的肩膀上，"朱丽叶·贝鲁贝是我的一个好朋友的女儿，来自加拿大，她母亲是加拿大的一个记者，要写一篇关于罗马的报道。在她母亲收集素材的这个星期里，我们将很荣幸地跟13岁很快就要14岁的朱丽叶一起学习。我希望你们每个人都能帮助她在这里愉快地度过本周，让这个星期成为她人生中最美好的一个星期。"

"没问题，学监先生。"同学们回答说。

"朱丽叶，欢迎你来到我们中间。请坐在这里吧！"莫里瓦尔老师指着课堂中间的一个空座位，热情地对我说。

3月6日星期一

上午8点35分

纳塔尼埃尔离开了,教室的门也关上了,我突然感到非常孤独(吉诺、吉娜,救命呀!),脸红得像个意大利番茄,坐在老师给我指定的座位上,希望同学们看着我的目光很快就会转向别的地方。我偷偷地观察着同学们,很好奇哪些男生或女生是名人的子女……(我在想,卡戴珊姐妹①中最年轻的小妹是不是也有可能在这所中学上学?从名字来看,她们很像是意大利人,不是吗?你不相信?)

"同学们,上星期五,我们讲到《基度山伯爵》第一卷第9章。请拿出你们的书,翻到第144页,让我们来讨论一下什么叫孤独感。爱德蒙·唐泰斯这个人物在监狱里为什么有时会觉得自己要发疯?"

莫里瓦尔老师一边说,一边把大仲马在19世纪写的一本小说递给我。唉,小说并不像我原先期望的那么扣人心弦……我甚至觉得我要睡着了!我的

---

① 美国名媛,参加过著名的真人秀节目《与卡戴珊姐妹同行》(*Keeping Up with the Kardashians*)。

眼皮已经变得沉重起来。突然，一只手碰了一下我的胳膊。我扭头一看，是右边的邻桌，一个鬈头发的英俊男生。他笑着在我耳边耳语了几个字，并向我伸出手来。

"很高兴认识你，朱丽叶。我叫埃马努埃莱，我是罗马人，我母亲是法国人。"

"哦，很高兴认识你。"我还以一个微笑，握住他伸过来的手。

看来，到这所学校上学也许并不一定那么可怕。

上午9点35分

莫里瓦尔老师上完课后，让埃马努埃莱带我去上下一堂课，也就是地理课。《基度山伯爵》都让我烦闷死了（一个年轻人被他所谓的"朋友们"所背叛，尽管他很清白，却被投进了法国昔日的一个可怕的监狱，那里的条件恐怖得无以复加），但愿地理课会更有趣一些，但我有所怀疑……

正当那个男生准备和我一起走进地理课教室时，好奇的同学把我们围了一圈。"这么说，你是

3月6日星期一

从加拿大来的？"一个金发女孩问。她的装束令人吃惊，头发弄得像电影女演员一样，全身上下穿的都是名牌，包括鞋子。

"嗯……是的，确切来说，我是从魁北克来的，所以我讲法语。"

"你真的讲法语？"那女孩有点嘲讽地追问道，"你的口音让我都没有注意到你是在讲法语。你是在森林中的木屋中学学的法语吧？"

我张着嘴，不知如何回答，幸亏埃马努埃莱及时过来给我解围。

"克洛迪娅，有点礼貌好不好。你不知道她被突然扔到一个完全陌生的学校里已经够难的了吗？而且只待一周。如果你没有什么好话要对她说，请你走开！"

这男孩是个守护天使，我在心里暗暗地说。

"行啦，没必要掏出你的爪子，我又不会吃了她。如果你愿意扮演侠客，埃马努埃莱，那就不要扭扭捏捏了。"那个女孩一边反驳，一边耸耸肩，走进教室，一副厌烦的样子。

"别理她，"另一个女生走过来，向我伸出

手，说，"克洛迪娅并不坏，但她有时候管不住自己的嘴。我叫阿依夏，突尼斯人。很高兴认识你。"

这个女生好像是从《一千零一夜》里直接走出来的公主，她穿着紫色的丝绸长裙，黑色的长发扎成一条又大又亮的辫子。尽管她年龄不大，但已经涂了科尔（Khôl）眼霜①。我今天早上才第一次发现自己穿的牛仔裙、黑色T恤衫和红色的长袖羊毛开衫是多么普通，更不用说我脚上穿的匡威帆布鞋了……

"我叫爱丽丝，来自新喀里多尼亚。"另一个女同学也向我伸出手来。她有着运动员般的身材，一头黑色的短发，皮肤黝黑，鼻子有点翘，红唇皓齿。

"我叫埃利亚斯，ciao, bella ragazza.（你好，美女。）"他带点南美的西班牙语口音，笑得很迷人，"我来自智利。"

"我叫朱丽叶，但朋友们都叫我珠儿。"说着我脸就红了，觉得自己有点愚蠢，竟然不知道再说什么。

---

① 原产埃及的黑色美容霜，早在4000年前阿拉伯女性和柏柏尔女性就用来涂抹眼圈。

上午11点38分

我突然间就被同学们包围了，大家都向我表示欢迎，问了我无数问题，关于我在魁北克的学校、老师，关于我的家、我的父母和我的朋友们。

"这么说，你母亲是个记者？"一个金发碧眼、下巴突出的男生问，他叫安德烈亚。

"是的。"我轻轻地点点头。

"那你父亲呢？他是做什么的？"一个高个子女生问。她高出我一个头，红色的头发非常鬈，蓝色的眼珠大大的。

"我不认识他。"我承认道，有些不大自在。

（不，可是，我应该怎样回答这个问题呢？我事先应该跟妈妈商量一下的。现在，他们会把我当作一个奇怪的女孩了！）

"你是说你独自跟母亲一起生活？你不会告诉我没有佣人帮助你们搞家务、做饭吧？"那个叫爱丽丝的女生有些不相信。

"嗯……没有。我妈自己做饭，我帮助她做家务。"我结结巴巴地说,这些问题让我有些惊讶。

"你是坐地铁来的吗?你怎么上学,怎么回家?"埃利亚斯问。

"今天早上是妈妈坐地铁送我来的,但我在加拿大通常自己一个人坐巴士上学。"

"那就是说没有人开车送你了?"这个金发男生又问,好像有点看不起我的样子,"我每天早上可都是爸爸开兰博基尼送来的,轰隆,轰隆。"他响亮地模仿着汽车的马达声。

我都不敢相信自己的耳朵。

"吹牛,滚!"有人喊道,"大部分时间都是你妈开着她那辆旧阿尔法·罗密欧送你来的。嘀嘀,嘀嘀!"

四周一片笑声。

"我是坐我妈的高级轿车来的。每天早上,司机先送我妈去大使馆,然后送我来学校。"那个红发大高个女生骄傲地对我说。

"大使馆是什么?"我羞怯地问。

大家哄堂大笑。怎么啦?

"别开玩笑了,你真的不知道大使馆是什

3月6日星期一

么?"红发女生问,她一副居高临下的表情。

我不知道该回答还是该沉默。我正准备问她是否知道"inukshuks"①是什么,埃马努埃莱友好地来解围了。

"大使馆就是一个国家或一个地区在国外设立的外交机构。康斯坦丝的母亲是法国驻意大利的大使,所以她在意大利代表她的国家。"

我"哦"了一声,但不确定自己真的听懂了这是什么意思。

应该说,那个女孩(我知道她叫康斯坦丝)好像什么都好,就是不太谦虚,更别说讨人喜欢了。不过,她咧开嘴朝我笑着。皮笑肉不笑。你知道我说的是什么意思吗?你以为我会误解她的意思?我突然想起了吉诺,他觉得我有时只看到人或事情不好的一面。嗯……那我们还是客观点吧!呼吸,珠儿,呼吸。

"午餐的时候我们会去博尔盖塞公园(Villa Borghese)野餐,你跟我们一起去吗?"一个模样朴

---

① 加拿大伊努特语,直译过来是"人形模样"的意思,泛指人形石碑。

素一些（淡褐色长发，跟我一般高）的女孩向我发出了邀请。她似乎是那个"大使小姐"最好的朋友。

"我们买几块比萨饼，带点喝的东西去那里。"

我是否应该在敌方阵营里结交一个盟友？不幸的是，我无法接受邀请。

"我今天不能去，我妈下午2点要来找我。下次可以吗？"

让我大吃一惊的是，那女孩大笑起来：

"你是说你妈？走吧，小女孩，去找你妈吧。明天的事明天再说！"

我看着她走远，今天第三次觉得，她在嘲笑我，我可不太喜欢这样。我还在想该怎么回答，这时，埃马努埃莱又来救驾了。

"你别理菲丽帕。她和康斯坦丝是形影不离的朋友，有点儿……特殊。好了，我们走，地理课要迟到了。"

迟到？悲惨啊！我怎么会在春假里落入这种境地的？这将是我最后一次接受亲爱的妈妈给我制订的吃苦锻炼计划。

3月6日星期一

下午2点

天哪!我还以为永远到不了下午2点,以为我永远也不能离开这个该死的学校了!上午11点时有半小时的课间休息,但我无法相信"午餐时间"真的这么晚。我都觉得要饿晕了。

"怎么样?"妈妈在学校门口等我,问:"小宝贝,情况怎么样?"

"嘘!妈妈,别在这里当着大家的面叫我'小宝贝'。他们会取笑我的!"

"为什么呀?"

我叹了一声:"别问了,妈妈,我待会儿再向你解释。走吧!"

我抓住她的胳膊,尽快把她拉出同学们的视线。他们正三五成群,离开学校去公园吃饭。

"我急着想知道你的意见,小……"她马上意识到了,改口说,"女儿,我想,我们可以去附近的博尔盖塞公园野餐,那里好像很漂亮。"

"……"

朱丽叶游罗马

"朱丽叶?你同意吗?"

"不怎么同意。你不如带我去看博物馆。"

"你生病了吗?"她用手掌摸我的额头,"你真让我为你担心!"

"不,不,我没有病。只是,见到你我松了一口气,"我带着真诚的笑,回答说,"所以我不想让你不高兴。"

我是百分之百认真的,我太感谢她来接我了。

"我感兴趣的是梵蒂冈(Vatican)和著名的西斯廷教堂(Cappella Sistina),教堂的天花板壁画是米开朗琪罗(Michel-Ange)画的。"

"你是说天使①?"

"不,那是16世纪一个很著名的画家。"

"只要能离开这里,你爱怎么样就怎么样。我们先到什么地方吃点东西?"

"四周肯定有许多面包店。来个panino(三明治),你觉得可以吗?"

"火腿奶酪的?"

---

① "朗琪罗"与法语中的"天使"发音相近。

"应该有的。"

我们回到早上下车的地方去坐地铁,然后在中央车站(Termini Stazione,我觉得这个车站的名字太漂亮了)换A线,到奥塔维亚诺站(stazione Ottaviano)下车。那里有许多小咖啡店、餐馆和面包店,还有一些小商店。

"妈妈,我们可以逛逛商店吗?"

"我想你已经饿了。"

"我现在是饿了,但'饭后'就不饿了。"

"不行。"

"为什么'不行'?"

"喂,朱丽叶——特,你不会又开始了吧?"

"可是,妈妈,你不懂。你把我送进一个贵族学校读一个星期的书,我却穿得像灰姑娘一样。你没看见那些女孩的样子!"

她惊跳起来,像是被蜜蜂蜇了一下。

"像灰姑娘?有人嘲笑你的衣服了?"

该讲清事实了。我要把一切都告诉她吗?我的意思是说,我要告诉她那个金发的克洛迪娅,穿得像时装模特一样,还嘲笑我的口音?又或者是康斯坦丝和她的朋友菲丽帕，她们是那么看不起我？

我犹豫不决。我不想被当作一个孩子，更不想让我母亲去教室里臭骂那些傻瓜，因为她们肯定会在这一周剩下的时间里对我进行报复。我选择了一个更加明智的策略。

"不是的，但别的女生老是看着我的牛仔裙和T恤衫。你知道，在这所学校里，学生们只穿名牌，可我不愿穿那类东西。不过，我还是觉得有点，怎么说呢，有点不自在……"

"啊，小宝贝，我太理解你了！中学5年级时，你外婆让我进了一所私校。由于家里钱不多，她逼我穿一双合成革的跑鞋和一身制服，而别的女生则穿着漂亮的真皮白鞋。我感到很羞耻，莫朗西姐妹立即就让我感到自己穿得很难看，因为我母亲没有别的家长那么有钱。我不能让你再遭受同样的委屈。走，我们立即去给你买一双新鞋！"

嗯……这并不完全是我的意思，可是……

她犹豫了片刻，好像在想什么。

"如果你愿意，"她最后下定了决心，"我再给你买双新袜子和一件全新的长袖羊毛开衫，甚至买个可爱的小包包,如果这些东西不是太贵的话。"

这下就对了!

下午4点

在我们见到的第一家panetteria(面包店)里,我们匆匆吃了三明治。之后,我和妈妈真像是洗劫了地铁站与梵蒂冈大门之间的所有商铺。我买了一条橙色的新裙(它与我头发和眼睛的颜色十分协调)和一条海蓝色的细呢裙子(它突出了我细长的双腿)。我还买了新鞋(两双橙色的,两双蓝色的),外加几双漂亮的袜子和两件新羊毛开衫。耶!

现在的问题,是要搬运这些东西。要穿过博物馆里十分拥挤的人群肯定不容易。幸亏,在这个时间点,已经没有人排队了,我们很快就来到负责检查我们手袋和包包的保安面前。保安很不高兴,指着我们的袋子,用(显然是)意大利语对着我们大声说着什么。妈妈很吃惊,不解地看着他。

"Non capisco(我听不懂),"她老实地说,"您会英语,或者是法语吗?"

那个保安好像根本不理会她的问题，对我们指着出口。

"我想，他是说，我们不能带着这些包进去。"我猜测道，心里感谢上帝今天第二次眷顾我。

"哦！"老妈生气地说，"那就算了，下次再来吧。我们回去，把这些东西先放下，再找餐馆吃晚餐？"

太好了！我从昨天开始就想吃意大利肉酱面了。不用说，这一天结束得真不错，起码比开始好。

3月7日星期二

上午7点05分

"朱丽叶,起床了!"

"嗯……"

"朱——丽——叶!"

"……"

"朱——丽——叶——特!"

天哪!又来了!如果我不能喊妈妈来救我,我还能向谁求救?

上午8点20分

从住所到地铁站一阵疯跑,然后在永远都那么多人的地铁车厢里(里面有两三个乘客身上的味道非常不好闻)被挤了一刻钟,我又来到了那个地狱的门口。

"朱丽叶,今天上午我有重要约会,我得马上走。没问题吧?"

我不知道如何回答她。我觉得自己没理由抱怨昨天没有受到同学们的欢迎,况且埃马努埃莱、阿依夏、爱丽丝和埃利亚斯还是很友好的。我想今天应该会顺利一些……还有,我穿了橙色的漂亮裙子。尽管今天早上没时间在浴室里化妆,我还是比昨天更自信了。

"走吧走吧,不过下午别迟到。"

"我答应你,小宝贝。"

"妈妈,在学校门口不要再'小宝贝''小宝贝'地叫我啦,也不要跟我贴脸。行吗?"

"这倒是真的,我忘了。好吧,祝你今天顺利,小……朱丽叶。"

她亲切地向我招招手,走远了。可爱的妈妈!她有点古怪,但我真的很爱她。让我不高兴的是,今天的第一节课好像是数学课。天哪!

3月7日星期二

上午8点25分

"看,我们的小加拿大人又来了!"我的背后响起了一个嘲讽的声音,"哎,今天早上,你是用耙来梳头的吧?这是加拿大森林中的梳头方式?"

你觉得我应该回头看看是谁在后面说话吗?没必要。肯定是康斯坦丝和她最要好的朋友。她刚刚走入我的视线范围,这个瘦高个儿竟敢向我匆匆挽成的头髻伸出手来。我得承认,今天早上,我没有时间吃早餐,更没有时间梳头……现在,我饿了,肚子咕咕叫,这种不舒服的感觉让我今天上午的心情特别不好。我立即就进行了还击:

"长颈鹿,你今天的礼貌都忘在你妈的大使馆里了?"

那个傲慢的女孩也许没想到我会还嘴,因为她愣了一会儿才回答说:

"可怜的傻瓜!走,菲丽帕,让这个穷女人去讨好埃马努埃莱和她那些深色皮肤的伙伴去吧!"

我好像肚子被猛击一拳,痛极了。这个女孩,多愚蠢啊!我不由自主地流出了眼泪。她把我当作一个傻瓜,一个穷鬼,我却找不到话来反驳她。我们两人当中,更愚蠢的可能还是我。幸亏这个时候埃马努埃莱和阿依夏也到了。我在想,康斯坦丝所说的"深色皮肤的伙伴"是什么意思。你觉得她指的是我那些新朋友的肤色是牛奶巧克力的颜色吗?不,现在都21世纪了,不能这么愚蠢!

"朱丽叶,早上好!"阿依夏过来贴了一下我的脸。

"你好,朋友。你今天早上起不来床吗?"埃马努埃莱和蔼地问,他也贴了一下我的脸,"如果我没弄错的话,现在是魁北克时间凌晨两点,是吗?你准备好上数学课了吗?"

"嗯……"

"然后是英语课。英语课你一定会让我们大家都大吃一惊的。"阿依夏笑着鼓励我。

两人都笑眯眯地看着我,于是我把火气压了下去,破涕为笑。新朋友们的友好给了我安慰。既然第二节是英语课,我确实应该是有优势的。不管怎么说,我来自北美,不是吗?在我们那里,从小学开始就要学英语。

3月7日星期二

上午11点

呼!终于到了大课间休息。最后的结果是,不但数学课差点要了我的命,英语课也远远超出了我的想象……蠢啊,我真蠢。更糟糕的是,我是班上最蠢的人。在意大利所教的英语,跟我们在魁北克所学的英语完全不一样。在这里教的是英式英语,口音很不一样。尽管我花了不少时间变换口型、舌头四伸,最后也只能引起四周的一片哄笑。而且,电梯在这里不说"elevator",而好像应该说"lift"。同样,喝茶在这里也不说"a cup of tea",而是说"cuppa"。我不再一一例举了。当我试着用英式英语回答老师的问题时(尽量把舌头从牙齿里伸出来),大家哄堂大笑。英语老师本人也很像是一只英国哈巴,好像这还不够似的,克洛迪娅这个时装迷一直在讽刺我,甚至连安德烈亚也跟她学。每当我张开嘴,他就"扑哧扑哧"地笑,以讨得那三个装腔作势的女生的欢心。这个下巴突出的金发男,他把自己当谁了?贾斯汀·比伯?算了吧,他现在对我没有任何作用。

一看到通往校外的大门，我就忍不住想往外跑。我确实很讨厌这所学校。我既愤怒，又难过生气。这一切都是妈妈和她可恶的工作的错。她让我经受这么多乏味的事情，这是不公平的。我所希望的，就是像别人一样，和朋友们一起欢度假期时光。她总是要安排我的生活，让我像外星人一样，在完全陌生的人当中生活。我太恨她了！简直恨得咬牙切齿……而且，课间休息之后，还有别的课要上，老妈要到下午2点以后才来接我。恐怖啊！我怒火中烧，深受折磨。

"去透透气吧，朱丽叶？"爱丽丝朝我眨眨眼，邀请道，"我去公园。陪我去吧！"

小小的翘鼻子和短短的头发，让这个女孩看起来像一个精灵，或一个小仙女。我很喜欢她。

"好啊。"我答应了，但牙关仍然咬得紧紧地，脸色很难看。

"我们跟你们一起去。"当克洛迪娅、安德烈亚、康斯坦丝和菲丽帕离开后，阿依夏、埃利亚斯和埃马努埃莱异口同声地对我们说。

跟着爱丽丝等人去公园时,我忍不住阴郁而伤心地转身朝我的新"敌人们"消失的方向看去。

阿依夏顺着我的目光看去,试图安慰我:

"别理那些人,他们已经习惯成为世界的中心。这个星期你成了明星,他们可能有点生气。"

"我根本不是什么明星。"我生气地噘着嘴。

"你自己也许没有意识到,"埃利亚斯说,"但你就像一股新鲜空气,带着你迷人的小口音和大大的微笑来到了我们学校。尽管谁都没有对你说,但大家都觉得你接受挑战,远离自己熟悉的朋友,到陌生的学校来上整整一个星期的课,这很了不起。"

"你又聪明又可爱,"埃马努埃莱也来帮腔,"尤其是今天,你穿着这条漂亮的橙色小裙子,与你鼻子上的红色小斑点很协调。"

"啊!"

这种恭维让我的脸红了,我不知道该怎么回答。

"我完全同意埃马努埃莱和埃利亚斯的意见,"爱丽丝也说,"你天生的率真让你魅力难当。"

"康斯坦丝、菲丽帕,甚至包括克洛迪娅,她们妒忌了。她们三个人都在追安德烈亚，安德烈亚的爷爷是个非常著名的作家。她们也许怕他对你感兴趣。"阿依夏补充说。

原来是这样！我简直不敢相信。突然，我不再感到沮丧和孤独，而是放心了，觉得有很多人在支持我。

上午11点25分

阿依夏和爱丽丝带来了水果、汽水和巧克力羊角面包，我们5个人一起分享了。天气很好，气温不高不低，非常舒服。听着埃利亚斯和埃马努埃莱的笑话，我捧腹大笑。他们喜欢逗爱丽丝和阿依夏开心。仅仅半个小时，我就把所有的不愉快忘得一干二净。我几乎以为自己是与吉诺和吉娜一起，在亚伯拉罕（Abraham）平原上溜达。埃利亚斯把头枕在阿依夏的膝盖上，不由得长吁一口气：

"Que dolce vita..."

"这是什么意思？"我问道。

"大意是'甜蜜的生活'。"埃利亚斯笑着向

3月7日星期二

我解释说。

嗯……是的。妈妈显然欠我一个星期的dolce vita。在未来的几个月里,她也应该让我在什么地方享受dolce far niente①。她等着吧,总有她好看的……

但时间过得太快了,很不幸,现在该回教室了,也就是说要回到中学生残酷的现实生活中,该经受的一样都不能少。

"接下来的是什么课?"

"意大利语课,很容易的,然后是我最喜欢的历史课。"埃马努埃莱自豪地告诉我。

"天哪!"

"怎么了?"这个男生一脸惊讶的样子,问。

"啊,因为我在历史方面不怎么行……"

我只能这么说。事实上,我讨厌历史课!但有必要在这个话题上倒苦水吗?好了,我现在听到吉诺在指责我幼稚了。其实,我可能夸张了一点。我的历史课成绩当然没有吉诺好,但我很喜欢我们的历史老师卡耶先生。通常,我的考试成绩还可以。

---

① 指"甜蜜的无所事事"。

好了,珠儿,勇敢点!(我知道,我在自言自语。不过别担心,我不会丧失理智的,我只是想自己坚持住。你遇到过这种情况吗?)

"你用不着在哪门课争取好成绩,"埃马努埃莱说,"你到这里来是为了熟悉情况,而不是自找烦恼。别太在意周围发生了什么,不如多想想该怎么快乐。如果你学到了什么东西,那最好;学不到,那也没关系。应该用禅的态度来看待事物。"

埃马努埃莱说得对,吉诺也不一定会说得比他更好。我受到了鼓舞,抬起头来,让自己鼓起劲来,在新朋友们的簇拥下,准备走进教室,不再垂头丧气。

下午2点

我离开教室的时候没进去的时候那么威风了。这次,我彻底丢了脸,失去了尊严。长话短说吧!倒霉得很,我在意大利语和历史方面好像都是白纸一张。

首先,意大利语,我不会讲。我在学校里从来没有学过,我妈和我外婆也不懂这门语言,所以我真的不知道这节课等待着我的是什么,我们毕竟星期五才到呀!而且,我已经饿得要死,还强迫我在午餐时间来上课,这似乎不太公平。

事实上,当老师问我对意大利了解些什么,我回答说我知道意大利面、通心粉、意大利式饺子、烤碎肉卷子细面条、馄饨扁面条、意式螺旋粉、螺旋面、通心面、天使意面、扁面条、宽面条,我还吃过萨拉米香肠和辣香肠。全班同学笑得人仰马翻,我一时还以为地震了呢!我向你发誓,我当时都不知道该怎么办了!我曾想到躲到课桌底下去,但没有任何办法能让我摆脱这可笑的境地……悲惨啊!

接着,我得去上历史课了。历史课老师跟卡耶老师完全不一样,他更像爱因斯坦,好像会放电。这位老先生讲起话来就像是20世纪的一部百科全书,有着一头充满静电的蓬乱头发。总之,这里所教的历史跟我在加拿大所学的历史一点都没有关系。这里根本不谈美洲的印第安人或是弗隆特纳克公爵与威廉·菲普斯爵士之战……除了恺撒皇帝、奥古斯特二世和尼禄,别的我就不知道了。你知道那些人吗?我现在所了解的,就是连环画《阿斯特里克斯》里讲的不完全对，也不完全错。最后，当我问达·芬奇是否当过皇帝或角斗士时，全班再次哄堂大笑。

"你真是无敌。"康斯坦丝假惺惺地笑着，大声地说。

"这位同学，"老师对我说，"莱奥纳多·达·芬奇是画家、雕塑家、科学家、工程师、发明家、建筑设计师，他还有很多其他才能，但他从来没有当过皇帝，何况他生于15世纪中叶。"

得，这下我肯定要"晋升"为年度小丑了。我想寻找阿依夏、埃利亚斯、埃马努埃莱和爱丽丝安慰的目光，但是徒劳，他们也笑得直不起腰来。这里显然不是我该待的地方。这将是我一生中最难受、最可怕、最灾难性的一个星期。救命啊，我要被笑声淹死了！幸亏，终于到了逃跑的时间。今天午餐之后，其他同学将参加期末考试，我可以得到豁免。

3月7日星期二

下午2点10分

老妈真的在学校门口等我。当然,她见到我就向我扑来:

"怎么样,宝贝……"

"妈妈,我早上怎么请求你来的?"

"哦,对不起,朱丽叶。今天过得怎么样?"

"嗯……"

"大家都说你的新裙子好看?"

"是的,是的。"

"你好像不是太高兴。不会有人伤害你吧?"

我又一次不知如何回答。我应该告诉她我的不幸还是闭口不提?你不是遇到过相同的情况吗?你会一开始就告诉你妈吗?不!我像你一样选择了沉默。我承认,我也许错了,但我还是相信自己能走出来。今晚,我要跟吉诺聊聊,他会有主意的。

"没有没有,妈妈。一切都很好。"

"那我们去看西斯廷教堂?"

"我们是否先去吃比萨饼?"

"我跟你想到一块儿去了。"老妈同意了。

下午3点30分

昨天,走到被妈妈叫作梵蒂冈的那个地方旁边时,我就发现它被一堵高大的石墙围着,比魁北克老城的城墙还要高。我们一吃完比萨饼,就来到了大门前。

"妈妈,这堵墙是干什么用的?"

"划定梵蒂冈国的界线呀!"

"但为什么那么高呢?"

"保护里面的东西。让我给你解释一下吧:梵蒂冈是世界上最小的国家,确切地说,它是罗马城里的城中国。"

"不可能!"

"可千真万确。里面的居民不到1000人,国土面积不到一平方公里,但重要的是,教皇,也就是说天主教的领袖住在里面。"

"啊,方济各教皇就住在这里?"

"对。"

"我们去看看他?"

"可能不行。总之今天肯定不行。"

她笑了,难道我又说了什么蠢话?

3月7日星期二

圣彼得大教堂中央的著名圆顶,由米开朗琪罗设计。

下午3点40分

围墙内的安全是由教皇的瑞士卫队负责的。关于这一点，轮到我来解释了。那是来自瑞士的一些军人。瑞士，你知道，那是夹在法国、德国、奥地利和意大利之间的一个小国家。这些军人的军装真的很怪异，我就不说是……怪诞了。妈妈说这是因为这些军装是很久很久以前设计的，但是……他们戴着黑色贝雷帽，穿着宽袖上装，上面有蓝、红和黄色的竖条纹，齐膝的短裤也同样肥大，长袜上有蓝黄条纹，黑皮鞋有点像是女性穿的平底轻便鞋。我得费好大的劲儿才能不让自己大笑出来。

哈哈哈！

下午3点45分

进梵蒂冈博物馆参观的游客，随身携带的背包必须接受检查。这次，负责检查的人直接放我们进去了。我们尽管肚子里装满了比萨饼，双手却是

3月7日星期二

梵蒂冈双向楼梯与镂空铁花窗。

空的。妈妈的特别通行票给我们进门节约了大量时间，但里面还是有很多人！天哪！

妈妈高兴地告诉我，每年都有500万游客来此参观，平均每天一两万人。"今天，我实现了自己的一个梦想。我早就想来这里看看了。"

"你想在一个封闭的地方和另外一万个人关在一起？"

"当然不是，"我的俏皮话让妈妈有点生气，"别说这种蠢话！我是梦想近距离看看米开朗琪罗的作品！"

好吧，我想她还得再等一会儿才能看到。我们必须有耐心，因为这个建筑里面实在太多人了，参观的人排了很长很长的队。

所谓的梵蒂冈博物馆共有5个画廊，大大小小有1000多个厅，好像有6万多幅杰作。幸亏不是要在一天之内看完。人群让我有点喘不过气来，我得承认，我不太喜欢这样。我们就像在高峰期的地铁里，而且这里找不到任何长凳。走廊很窄，我们得上上下下，进进出出……而这一切，仅仅是为了看一些赤裸的男性雕像或是穿着衣服、抱着小耶稣的圣母雕像。画框很漂亮,这我不否认,但整体有点千篇一律。必须喜欢装饰线脚、涂金、大理石……和教堂的气氛才行。

"朱丽叶,等等,我们终于快到西斯廷教堂了。你一辈子都忘不了的。"

"哼!"

(那就赶快去看吧……)

下午4点30分

走了很多台阶,穿过了无数个小厅之后,我们终于到了那里,进了大家都在说的那个著名的西斯廷教堂。这是参观梵蒂冈博物馆的重头戏!母亲激动得眼睛都湿润了。

"我不敢相信终于看到它了。"她惊叹道。

"教堂?"

"不,天顶。你看!那就是米开朗琪罗的杰作。这幅巨大的画作他画了整整4年,画的是《创世记》的画面。你知道,也就是上帝本人创造天地的情景。"

我抬头看着上面,发现天顶上布满了人物。哇!画面真的很震撼!我在想米开朗琪罗是怎么做到一个人画这么大的画的。颜料一定会不断地滴到他的脸上!这应该很难受。不管怎么说,他的脖子一定会很酸……妈妈在家里粉刷我房间的天花板时,就抱怨脖子酸痛了好几天!

看到我惊讶得合不拢嘴,妈妈又来充当我的向导了:

"那里,光与影分离了,然后太阳和月亮出现了,水和陆地也分开了。接着,你看见那里了吗?上帝创造了亚当和夏娃。那下面有一棵树和一条蛇,代表人们所谓的'原罪',然后是亚当和夏娃被逐出天堂。"

亚当和夏娃一丝不挂,上帝却穿着长袍,头发浓密,白色的胡子长长的,天使们围着他。我觉得既有趣又古怪,不知道该怎么说。整个画面很漂亮,但必须承认,天顶那么高,看不清什么细节……

3月7日星期二

下午5点

我压下了一个哈欠。在这个小教堂里,人真的很多。我很热,热得想睡觉,加上今天早上我一大早就起来了。我不想表现出不乐意的样子,但白天又长又可怕,现在回家该多好!

"妈,接下来我们怎么办?"

"我还不知道。你看这里,这是诺亚方舟的故事……"

"Silenzio!"("安静!")一个保安突然叫道,生气地看了母亲一眼。

"怎么了?"她问道。

一看她的样子,我就知道她不相信竟然有人敢这样责备她。那个保安看起来真的不像开玩笑的样子。

"Silenzio."当我们被人群推向前面的时候,保安又说了一句,他的语气听起来好像不容辩驳。

"好吧好吧,小宝贝,我想我们真的该回去了。"她悄悄地对我耳语道。

耶!

"回去之前,你想不想到科勒欧皮奥公园买个雪糕吃?"走出小教堂时,妈妈问我。

"那当然!"

晚饭之前吃甜点,我喜欢!

下午5点30分

我很喜欢这个小小的惯例:每天开始和结束的时候都穿过这个离住处很近的公园。我真的很喜欢这个地方,正如看见斗兽场能让我心情平静下来一样。我坐在一张长凳上,一边吃开心果蜂蜜雪糕,一边欣赏景色。妈妈告诉我,罗马城是建在7座山上的。"我们的"公园就建在其中的一座山上,这座山叫埃斯奎里山(Esquilinus)。

"另外6座山也有名字吗?"

"有。我是在大学的古代史课上学到的。等等!(她皱起眉头,好像在记忆中翻寻什么,然后脸上放光了。)它们分别叫作阿文庭山(Aventinus)、西莲山(Caelius)、卡匹托尔山(Capitolinus)、帕拉蒂尼山(Palatium,它就在斗兽场旁边)、奎里尔诺山

（Quirinalis），还有……维弥纳山（Viminalis）。就这些！"

亲爱的妈妈，她总是让我惊讶！

在这个公园里，只有长凳、树木、喷泉，还有……废墟。其实，在罗马的市中心，到处都是废墟，但这里的废墟尤其使我感兴趣，因为我每天都能见到它们。

"妈妈，这些废墟，你知道它们原来是什么吗？"

"啊，小宝贝，很高兴你能问我这个问题。这是金宫（Domus Aurea）的废墟。"

"它是用金子做的吗？"

"不完全是，但也差不多。这是尼禄皇帝在他的统治末期，也就是公元1世纪后半期让人建造的巨大皇宫。据说内墙几乎全覆盖着金粉，并用珍贵的石头和螺钿加高。"

"哎哟！"

"应该说，尼禄是一个有点……怎么说呢，有点特别的皇帝。"

"为什么这样说？"

"事实上，他是个才华横溢的疯子，狂妄自

大,渴望权力,残忍而危险。据说他谋杀了自己的母亲,反对他勃勃野心的亲朋好友也大都有同样的命运。他还处决了第一批异教徒,把他们扔到斗兽场里,被狮子分尸了。人们甚至说他是公元64年罗马大火的元凶。那场大火持续了好多天,烧毁了罗马的大部分地方。人们还说,他看着大火中的罗马,眉头都没有皱一下,而是只顾自己弹琴。最惨的是,数千人葬身于那场大火。"

"有钱有权的罗马人,显然都很讨厌!"

老妈笑了。我很喜欢她笑的样子,她知道在极糟的情况下怎样缓和气氛。

"千万不要一概而论,并不是所有的罗马人都像尼禄,恰恰相反。大部分罗马人并不富裕,也不残忍。想想我们每天在公园里碰到的那些人,他们是那么和蔼;想想给我们指路、告诉我们特莱维喷泉在哪儿的那位可爱的先生。"

"嗯……"

(只是,我在学校里不幸遇到一些不那么"友好"的人,但我没有告诉妈妈。)

3月7日星期二

下午6点

妈妈做晚饭的时候,我打开iPad,在FaceTime上连线吉诺。

> 吉诺:啊,珠儿,你终于出现了!我急着想知道你的消息。

他的笑容都溢出屏幕了。

> 我:吉诺!你在家呀,我太高兴了。你在做什么?
> 吉诺:我在玩电子游戏,不过我更喜欢跟你聊天。你白天是怎么过的?你今天还是昨天去那所中学上学了?
> 我:是啊……
> 吉诺:讲讲,情况怎么样?还是挺有意思的吧?

我没有立即回答。我不想又被吉诺批评,说我总是从不好的方面看问题。

> 我：嗯……还行吧！
>
> 吉诺："还行"是什么意思？
>
> 我：是这样，有的事情很顺利，有的事情嘛……差一点。
>
> 吉诺：啊，这很正常。说说吧，我什么都想知道。那所学校什么样子？
>
> 我：非常大，而且很漂亮。我想大楼有好几百年历史了，因为里面让人想起哈利·波特经常去的霍格沃兹魔法学院。你还记得那些台阶和巨大的餐厅吗？
>
> 吉诺：太棒了！我太想身临其境了。你在那里结识了新朋友吗？
>
> 我：结识了。两个男生、两个女生：男生叫埃马努埃莱和埃利亚斯，女生叫阿依夏和爱丽丝。
>
> 吉诺：很好，但你不会跟其中的某个男生出去约会吧？

他一直在笑，我寻思他是说真的还是在试探我。哼，他肯定是在开玩笑！

我：你真坏！我绝不会这样做。他们不过是我的朋友而已，他们很友好。

吉诺：那就是一切都好，我早就对你说过。

我：但也不完全是这样。

吉诺：怎么回事？

我：还有一些女生，比如克洛迪娅、康斯坦丝和菲丽帕，她们确实不怎么友好，甚至有点欺负人。

吉诺：怎么回事？

我：她们不断地指责我。

吉诺：指责你什么？

我：哼，嘲笑罢了。她们嘲笑我的口音、我的衣服，嘲笑我回答老师的方式……

他大笑起来。我脸红了，好像犯了什么错。我觉得他并不想听我说什么，也不明白我想向他解释什么。

吉诺：你肯定她们不是跟你开玩笑吗？你知道，珠儿，一点自嘲并不会要谁的命。你太敏感了。

我：你觉得我说得太夸张了？

吉诺：肯定有点，不是吗？

我鼻子一酸,眼泪都要流出来了!

> **我**:我妈喊我吃饭了,我得走了。
> **吉诺**:我们明天再聊?
> **我**:好,但我现在得走了。
> **吉诺**:好吧,我的珠儿,好好享受你的假期。

趁他没发现我生气之前,我赶紧关了FaceTime。男生有时确实什么都不懂。我想我得独自对付了。他叫我"我的珠儿",这让我感到了一点安慰,但我还是得一个人面对这些问题。我试图连线吉娜,但她不在线。

晚上11点50分

一个喊声把我叫醒。我惊讶地发现,自己的枕头全湿了,我满脸是泪。母亲俯身看着我。

"女儿,你怎么了?"

"没什么。为什么这样问?"

"你在睡梦中大叫起来。哪里不舒服吗?"

"没有。我也许做噩梦了……"

"你还记得是什么噩梦吗?"

我皱起眉头,想回忆起来。

"嗯……我想,我梦见自己在斗兽场里。你知道,跟那些异教徒在一起。他们将被送去喂狮子。我在琢磨怎样才能逃脱。后来,着火了,热得让人受不了!我害怕极了!"

"啊,小宝贝,这太残忍了!我真不应该跟你讲尼禄的故事。过来。"

她把我搂在怀里,轻轻地摇晃着我:

"好啦好啦,都过去了。小宝贝,今晚你就跟我一起睡吧?"

"好啊,我很愿意。"

3月8日 星期三

上午8点

今天早晨,我观察着地铁里其他乘客的脸色。他们跟我一样,这么早就要去上班或上学,好像都不怎么高兴。我的情绪跌到了冰点。青少年的生活有高潮和低谷,成年人的生活好像也不见得更好。(叹气!)而且,天还下雨了,所以那些漂亮的新衣服我一件都没有穿。

谨慎起见,我选择了一件蓝色的雨衣、一件紫色的棉布休闲服和一条褪色的旧牛仔裤。牛仔裤被精心地撕破了,也就是说,该破的地方破了,不该破的地方没有破。这是我衣柜里最漂亮的衣服。我希望它也符合这里的时尚。但是,假如大家嘲笑我的穿着呢?

天哪！这一下我又担忧起来，腋窝开始冒汗，双手颤抖。我在网上读到，现在的大部分年轻人在日常生活中都会感到紧张，而学校就是最大的紧张源。谢谢老妈，给了我一个绝佳的休闲周！

"妈妈。"

"怎么了，小宝贝？"

"你在我这个年龄的时候喜欢上学吗？"

"喜欢啊。"

"嗯……我好像也是。"

"你在学校里都好吧？我是说，在这所中学里。"

"嗯……好，挺好的。"

我试图露出笑脸，但我觉得自己只表现出一副苦相。

上午11点

由于天气不是太暖和，上午课间休息时，埃马努埃莱、埃利亚斯、阿依夏、爱丽丝和我在餐厅待了很长时间。我们在那里喝热咖啡、吃饼干。餐厅很漂亮，深色的木头长桌，头顶是水晶吊灯。如果

朱丽叶游罗马

不是因为天气那么不好,我本来是不会这么长时间地凝视着它的……我的情绪的确很低落,加上我又肚子痛。今天上午,我尽量想显得低调点,倒霉的是,我的牛仔裤(我应该想到的)很引人注目。

"哎,小朱丽叶,你今天上午真的没别的衣服穿了吗?"克洛迪娅进门一看到我就这样问,"你可能没有发现你的牛仔裤破了。"

不寒而栗……我不想回答她的问题,而是咬紧牙关,不让自己骂出声来。

但上法语课时,安德烈亚也这样问:

"哎,朱丽叶,你的裤子怎么回事?我觉得你穿了太长时间了吧?你母亲就不能给你买条新的?我觉得这事很急。"

说完他还"扑哧"了一声,对自己的玩笑感到十分满意,觉得有必要笑一笑我。这人太无知了!我再次不寒而栗。难道这所学校里只有一些没有品位、冒充高雅的人?难道他们从来不看美国的电视连续剧?魁北克人都穿得跟我一样,而在我的学校里,谁也不会穿鳄鱼牌运动服、斜背路易威登的包包来上课。他们把我当作……

说到底，这都是些富家子弟。

喝了热巧克力，我暖了一些，加上盟友们也陆续来到，我感到放心了一些，但我还是想到别的地方去。啊，我多么希望自己是赫敏①那样的女神，把我的敌人都变成老鼠。我不觉得这个星期能让我增长什么知识。我埋怨我母亲，她不会明白我在这里所经历的事情的。我感到孤独而疲惫。几天来，时差和忧虑影响了我的睡眠质量，我今天一点都提不起神来，心情糟糕透了。

"这么说，在加拿大，大家都穿着破衣服？"埃利亚斯似乎对此很感兴趣，天真地问我。

啊，不！他也这样想！还没等我想出什么话来回答他，爱丽丝笑着补充说：

"不得不承认这种时尚还是有点怪怪的。"

"好啦，别说了！"我终于忍不住脱口而出。

我说话的口气把我的伙伴们都吓到了。我自己也一样，对我的这种反应感到非常吃惊。我都不认识自己了，因为我平时总是那么害羞，不爱抛头露

---

① 赫敏，《哈利·波特》系列作品的女主角。

面。我很不自然地一跃而起,说:

"我吃饱了,教室见。不麻烦你们了,我认识路。"

我迅速走向门口,急于离开众人,一个人待着。

"珠儿,等等,别这样离开!"埃马努埃莱大叫着站起身,跟了上来。

我继续低头走自己的路,听到了他们说的最后几句话:

"别拦住她,"阿依夏拉住他,"她也许需要一个人安静一会儿。"

"你觉得是这样?"埃马努埃莱重新坐下来,显得很伤心。

"阿依夏说得对,"爱丽丝也说,"她过一会儿就会好的,我敢保证。"

上午11点35分

我在大楼门口哭出声来。无力和失望让我号啕大哭了好几分钟,然后,想起我过去的旅行和所接受的考验,我感到好受了一点,准备和其他同学一起回教室去。不过,我上楼梯的脚步放得很慢。走得快没有任何用处……

我很想去趟厕所,但现在已经来不及了。我觉得身上有点湿,好像有些失禁。妈妈觉得我憋尿过多,说这样我会得尿路感染的,可她总是无缘无故担心。不过我觉得自己身上的确不是很舒服……算了!只剩下两堂课,这个可恶的一天就结束了。其实,这一天几乎没发生什么事。它很快就将结束。我又恢复了勇气。希望我的新伙伴们能原谅我刚才的坏脾气。

上午11点37分

这也许仅仅是一种感觉,但当我拖着脚步,经过走廊,前往莫里瓦尔老师上课的教室时,我觉得有人在看着我;有两三个女生走到我前面之后还扭过头来看我,一副惊讶的样子;我不知道这是不是我的幻觉,可我总觉得有人在我周围交头接耳;有两个女生甚至用手捂住嘴,嘻嘻地笑着。她们太愚蠢了,毫无疑问,她们肯定从来没有见过美洲鹰(American Eagle)牛仔裤。这时,菲丽帕和康斯坦丝走到我身边：

"哎，朋友，我觉得你最好去换身衣服。"菲丽帕悄悄地对我说，神色有点尴尬。

她怎么敢这么说？我用不着她对我的穿着指手画脚。我决定不理她，好像她和那个愚蠢的康斯坦丝不存在一样。这样不好，但能吓唬别人！我重新抬起头，走进教室，努力露出庄严的神色。刚好，有个男生今天不来上课，我便直奔他位于教室后排的座位，全然不理会原先给我安排的座位。我倒要看看是否……

"嗨，过来，珠儿，到这儿来。我有话要跟你说。"埃马努埃莱指着他身边的位置对我说，神色有点奇怪。

我摇摇头，转过身，坐在我自己选择的座位上。

"朱丽叶，我得跟你谈谈。"阿依夏也逼迫我，"到这里来。"

"贝鲁贝同学。"莫里瓦尔老师突然点了我的名。

他们想要我干什么呢？

"你能跟我到外面来一下吗？"

"什么？为什么？"

我觉得全班同学都笑了，除了埃马努埃莱、埃利亚斯、阿依夏和爱丽丝，他们痛苦地看着我。毫无疑问，发生了什么事情。但会是什么事情呢？我走到教室门口，去见老师。就在这时，我听见有人说：

"你看见过这样的污迹吗？"

优雅的克洛迪娅指着我的双腿之间。我本能地顺着她手指的方向看去。天哪！

"不，这不是真的！"

我惊恐地大叫一声，大脑一片混乱，无法忍受自尊再次受到打击。我想也不想就朝门口跑去。我唯一想做的，就是赶快逃走，离开这个地方！

"贝鲁贝同学，等一等，让我帮助你。"莫里瓦尔老师徒劳地大喊，我已经跑远了。

我最不愿意看到她同情我的样子。我谁都不想见。我羞愧得要命，或者说，我很快就会因羞耻而死去。我半闭着眼睛，冲进最近的厕所，把自己反锁在里面，号啕大哭。上帝啊，来一场地震吧，摧毁这所学校；来一场大火吧，烧了这所学校。让这个美好的世界与我一起消失吧！

上午11点45分

我永远也不会从这里出去。从镜子上可以看到，我洗白了的牛仔裤上确实有个很大的红印。我一直等待这一时刻，等待我的第一次月经，好像那是一个超级重要的日子似的，我本来想在记事本上做个记号的。好了，现在这是一个巨大的污点！我完蛋了。我显得那么可笑、可鄙、混乱甚至让人讨厌。我太不幸了，以前从来没有觉得自己受到过这样大的侮辱。我到这所远离我熟悉的朋友们的学校里来做什么？我白白地乞求老天加速这个世界的灭亡了，因为什么奇迹都没有发生。我不单在数学、历史和地理方面一无所长，在祈祷方面也没有任何天赋。

中午12点50分

法语课结束了，许多同学在上上午最后一堂课之前都要去厕所。我把自己关在一个隔间里，一步都不敢动，也不敢出声，如果有必要的话我甚至会在这里度过一夜。不管怎么说……在下午2点老妈来接我之前没有人能让我出来！就这样。

我刚刚脱下长裤，想弄清污迹的范围有多大。一个枫叶形的美丽血印不但完全湿透了我的内裤，而且渗出了牛仔裤，从拉链底部一直到臀部。怪不得别人笑得那么厉害……

我想用纸巾止住经血，但好像没有办法除掉已经变成褐色的血污。我一想起来就脸红。我再也不敢回到我成为笑料的班级里了，我以后再也不敢不带卫生巾出门了。我永远也不会原谅今天嘲笑我的人。我重新感到了孤独，因为厕所又恢复了宁静。突然，我听到了一个熟悉的声音，是顽皮的爱丽丝的声音：

"珠儿，我能跟你谈谈吗？我知道你在里面。"

我装作不在里面的样子，大气都不敢出。但我哭得太厉害了，鼻子一酸：

"阿——嚏！"

爱丽丝坚持不懈：

"快点，出来吧，别跟我玩花招了。"

"……"

不，但我不知所措！现在，她弯下腰，低下

头，想从门底下检查所有的隔间。我赶紧跳到马桶上，希望能躲过她扫视的目光。

"听着，我知道刚才发生的事对你来说非常可怕，但我向你保证，你没有什么可感到耻辱的，也没有必要藏起来。阿依夏和我在一起。莫里瓦尔给了我们你所需要的东西。好了，乖乖地把门打开吧！"

"是的，请把门打开，"温柔的阿依夏也说，"这里就我们三个人。你没有什么可怕的。"

阿依夏动听的声音打动了我。我被说服了，把门打开一条缝，伸出右手，让她们能把卫生巾递给我。然后，我又迅速关上门，不准备跟她们说太多的话，好像什么都没有发生过似的。

"谢谢。"我只伤心地说。

在接下去的几分钟，我仔细观察了这个我以后每个月都有几天离不开的东西，这种状况会持续40年左右……这片卫生巾太宽、太长、太厚了，每一边都会从我的内裤中露出来。我似乎觉得回到了垫尿布的时期。唉，我得让老妈去药店买些更合身的。

"珠儿，我想，不应该过分在意刚才在教室里发生的事，"爱丽丝在门外接着说，"埃利亚斯、埃马努埃莱、阿依夏和我都很喜欢你。我们不想让你就这样回到加拿大,希望有更多的时间跟你在一起。"

"我再也不敢回教室里去了,这所学校的学生太可怕了。"我抱怨道。

"别夸大事实了,"爱丽丝劝我说,"必须承认,还有比你穿着弄脏的裤子来上学更悲催的事。而且,再给我们一次机会吧!我们很喜欢跟你在一起。我没有开玩笑。"

"真的,"阿依夏也补充说,"最好的事情还在后面呢,我向你保证!星期五下课后,学校要组织一场庆典,庆祝学期结束。首先,中午有野餐,然后,到了晚上,大家可以跳舞。我们会玩得很高兴的。你应该参加。"

"我们三个人会笑得像疯子。男生也在,他们会请我们跳舞。"爱丽丝试图用这个来引诱我。

"好了,把门打开吧。"阿依夏哀求道。

"……"

我在考虑,我并不是不想从厕所里出去,可是……我在这所学校里度过了那么可怕的时光,我已经对它失去了信任!

"请加把劲!"阿依夏请求道。

她的执着终于说服了我,我打开了门,涕泪纵横,可能样子很丑,但当朋友敲门的时候,我不想拒绝友谊的召唤。

"你们说的都是真的吗?你们不觉得我可笑?"

我的这两个朋友把我拉了出来,拥抱着我,异口同声地回答说:"从来就不觉得。"

"哦,珠儿,你是世界上最可爱、最纯真的女孩,人们不可能不对你产生好感。"爱丽丝激动地说。

"OK,OK,星期五的事我会考虑一下,但今天我肯定不会再回教室。"

"你总不会在这里面上完你的最后一课吧?"阿依夏和蔼地责备我说。

"会。为什么不可以?"

"不可能。"她回答说,"来,我们起码要陪你到储物柜那里。你今天早上没有穿雨衣来吗?"

我用掌心拍了一下额头。

"哦,我忘了我的雨衣,它可以垂到我的大腿那儿。今天早上下雨真是太巧了!"

"你穿上雨衣,那就谁也不会疑心了,你就可以堂堂正正地出去了。大门口有条长凳,你可以在那里不慌不忙地等你母亲。那我们就明天早上再见吧。"爱丽丝最后说。

好吧。不过,这是另一回事了。

下午1点

现在,我又坐在了那条长凳上,像一个可怜的小笨蛋在等妈妈。这是一个什么样的上午啊!是我所经历过的最糟糕的上午……如果事情不解决,我想我会病倒,或者陷入抑郁。这些似乎无法解决的问题,我能找到解决办法吗?应该找到办法。

我的那两个同学信守诺言,一直把我护送到储物柜前,谁也没有注意到什么。

从厕所门口到那里,阿依夏一直挡在我前面,爱丽丝则严严实实地贴着我的后背。我们三人模仿一辆小火车,就像幼儿园的小朋友那样,我差点都要笑出声来了。不管怎么说,这个星期,我又不是第一次碰到问题。现在的我,自尊心已大受打击,变得跟芝麻一样小……所以,我明天还会不会再回到这里，星期五晚上我是不是要跟大家一起娱乐，我现在还不确定。

下午2点

老妈终于来了！我忍不住站起来向她飞奔而去：
"妈妈！"

下午5点

必要的时候，老妈会像天下所有的母亲那样贴心。看到我这副样子，她还是等我们离开学校稍微有段距离后才搂住我，安慰我。我让自己被她哄了一会儿，直至感到安全的时候，才挣脱她暖心的拥抱。

"我的宝贝长大了！"她高兴地叫道，"小宝贝，现在，你成了一个女人，我太为你骄傲了。"

骄傲？我在想，为什么我初来月经会让她感到骄傲。这是否意味着如果我不再是小孩子了，我会有什么符合这种新身份的特权。

"那你将终于不再用'宝贝''小宝贝''甜

心'这类我非常痛恨的称呼来叫我了吧？"我满怀希望地问。

她露出一丝伤心的微笑：

"你真的不喜欢？如果你愿意，小宝贝……哦，不……我的朱丽叶。"

"是的，我愿意这样。但既然如此，你为什么不像大家一样，干脆叫我'珠儿'呢？"

"我很愿意试试。"

这次，她笑得很真诚，然后还建议去购物，给我买一条新的牛仔裤。太好了！那我的这趟旅行就值了！我们甚至买了两条。老妈对我是前所未有地好。一时间，我差点想告诉她康斯坦丝那伙人是怎么欺负我的，但我克制住了。我不想让她难受，尽管我所遭受的这一切都是她一手造成的。看到她像没有教养的泼妇一样跑到学校里对菲丽帕、克洛迪娅、康斯坦丝和安德烈亚发怒，我会羞愧得宁愿去死。我不知道一个女大使对当局究竟有什么影响力，我不想知道……

我们当然也去了药店，买了一些尺寸适合我的卫生巾。回到住处，我把装着新衣服的袋子放在一边,匆匆去了浴室。趁妈妈做饭的当儿,我打开iPad,想连线吉娜。

吉娜:珠儿!你终于出现了!我都开始为你担心了!都好吗?天哪,你的脸色怎么这么差?发生了什么不对劲的事情?

我:什么都瞒不住你,我必须立即告诉你。你有时间吗?你今天要做什么?

吉娜:出什么事了?我打算待会儿跟吉诺去都市走廊滑旱冰,但没关系。我有时间。你呢,你在忙什么?

我:我吗?这里已经是晚上7点,我白天的大部分时间都在学校里。

吉娜:OK。像地狱,是吗?

我:一点没错,但问题不在这里,事实比表面上看起来更加糟糕,比我想的更加糟糕。你得帮我。

吉娜:是由于那里的女孩?

我:你怎么猜到的?

吉娜:我早有所预料,只是不敢对你说罢了,怕白白地让你不安。那些可怕的傲慢鬼,她们对你做了些什么?告诉我。

3月8日星期三

看到吉娜出现在屏幕里，终于听到了她的声音，我好受多了！她本能地握紧拳头，因为她猜到有人欺负我了。我的眼泪流到了脸颊上，怎么忍也忍不住。（你，是的，是你。记住这一点：你最好的朋友就是你最好的盟友，也是你最大的安慰。）我和吉娜从小就是最好的朋友，几乎可以说就是亲姐妹。她的性格有点急，但我知道为了救我，她什么都愿意做。我太爱她了！

> **我**：（吸着鼻子）有的女孩很好，但有的女孩一点都不好。啊，吉娜，在罗马度过的这段日子是我最糟糕的假期。我需要你的……
> **吉娜**：说吧！我在这儿。别哭。一切都会好的，我向你保证。

我花了半个小时把一切都告诉了吉娜。这场聊天让我得到了解脱，我都不知道该怎么解释。你只需知道，我很快就感到好受多了。真是奇迹！当吉娜模仿角斗士，用一把无形的剑把野兽砍成一团肉泥时，她甚至都把我逗笑了。

吉娜：你知道，珠儿，跟那些吓唬你的人斗争到底的秘诀，就是让他们知道他们战胜不了你。当别人攻击你的时候，你应该自卫，而不是哭泣。让那些被宠坏的孩子看到你不是好惹的！这事你跟吉诺说过吗？你知道吗，昨天，我们玩了一晚上他的角斗士电子游戏：《崛起：罗马之子》（*Ryse: Son of Rome*）？我告诉过你，其中的主人公马利尤斯从不会乖乖就范。

我：我知道那款游戏，是的。但你也知道，吉诺尽管酷爱虚拟搏斗，本质上还是个和平主义者。他不懂我想告诉他的事，甚至批评我"夸张"。

吉娜：（眨了一下眼睛）嗯……你夸张？我不知道他为什么会这样觉得，但我对他的反应并不感到惊讶。吉诺的搏斗能力可以忽略不计，昨天晚上我把他打了个嘴啃泥（就是最好的证明）。

我：（大笑！）

吉娜：如果你这个星期还想生存下去，你就应该改变策略。

我：对，你说得有道理。

吉娜：你要向我保证，你的斗争性要强一些，你必须进行反抗。

我：我向你保证。

吉娜：肯定有办法惩罚攻击你的那些人。你会找到办法的,我敢肯定。

我：(点点头)我会找到办法的,你说得对……

吉娜：对不起,我现在该走了。你会找到办法的,珠儿,这话是吉娜我说的。一切都会好的。对了,你知道吗?

我:什么?

吉娜:今天是3月8日,国际妇女节。我们不是窝囊废。你看着吧,一切都会好的。你很漂亮,你很强大,你很能干!你不需要你的吉诺。一有消息就告诉我。OK?

我：(乐观地)好。

下午6点

当我关上iPad时候,我已经变了一个人。吉娜的强大力量鼓励了我。我要找办法战胜敌人。是的,我真的不能再那么麻木了,我要勇敢些。让我变得坚强起来吧!我要挫败他们!

我要像《崛起：罗马之子》中的马利尤斯那样，我要复仇。我模仿着正在用剑搏击的角斗士，走向厨房。

老妈做好的意大利面在等待着我。

3月9日星期四

上午8点23分

今天早上,我起床时比以往任何时候都要坚决。无论是谁,哪怕他仅仅是"想"破坏我的这一天,我都要跟他斗争,消灭他。胆小怕事的朱丽叶不见了!轻而易举就被战胜的"娇女孩"消失了!

饱饱地吃了一顿早餐后(发现自己像女角斗士那么强大时,我的胃口大增!),我急着出门,把妈妈甩在后面,向学校跑去。

但是,看到学校的大楼时,情况有点不妙了。

"宝贝……哦,我是说朱丽叶,我今天下午2点有个约会,下午4点以后才能来接你。"

"什么?妈妈,你不能这样!我现在就不想进去了。"

（我知道，我泄气了。问题的关键是，我觉得自己既没有牺牲者的精神，也没有真正的角斗士的灵魂。你明白吗？而且，我有一种滑稽的预感，你知道吗，就像肚子里有个铅球似的。）

"宝贝，很抱歉让你失望了，但情况就是这样。拿着，这是20欧元。学校餐厅的伙食似乎不错，作为一个餐厅，那地方太漂亮了。我敢肯定，像你这样可爱的人，一定能找到一个伙伴一起吃午餐。我下午4点肯定回来。行吗？"

"……"

"好了，别这样子，赌气可不好。再说，我有很多工作要做，没有更多的时间照顾你。"

我不相信她竟然对我说这样的话，更不相信她会觉得我成了她生活中的累赘。"像你这样可爱的人"？哼，你说得对，妈妈，你女儿现在可以说是她新学校里的笑柄。电子游戏中的马利尤斯失望的时候，他是怎么做的？很遗憾我没有带把剑……（我几乎都不会说笑话了！啊……）

3月9日星期四

上午8点25分

"珠儿,你终于来了!你迟到了!我们都担心你不来了呢!"

都到了这种程度!爱丽丝、阿依夏、埃马努埃莱和埃利亚斯在学校的大门口翘首以待,显然是想等我到了之后才一起进学校。我露出微笑,放下心来。有一群盟友,这毕竟让我心里感到暖暖的,于是我高高兴兴地走进了教室。

"瞧,我们的魁北克小女孩穿着一条新牛仔裤又来了。"一个声音在我身后响起。我认得出这个声音。

我勃然大怒,猛地转过身。

"克洛迪娅!你还这样待我?"我恶狠狠地瞪着她,大声地说。

复仇的时候到了。我等她走到我身边,没等她反应过来,便假装伸腿,绊住她的脚。扑通,她摔了个嘴啃泥。

"你从来没有想到过自己像个十足的傻瓜吧。在这所学校里,到处都有绊脚石,因为你的发型、衣着和鞋子让你看起来像在T台走秀的模特。"我得意地对她说。

我说话迅速得像是一把机关枪。克洛迪娅无计可施,她现在头发蓬乱,浑身是灰尘,徒劳地想站起来。埃马努埃莱颇有风度地向她伸出手:

"克洛迪娅,我扶你起来。"

"滚,你这个虚情假意的人。别管我!"她推开埃马努埃莱,自己艰难地站起来。

我高兴地看到她的袜子有一条长长的抽丝,漂亮的新裙子也有点弄脏了。啊,我太坏了!

上午8点27分

"朱丽叶,你疯了?"阿依夏两眼惊恐地问。

"我也不知道为什么。"我承认说。我对自己的反应跟大家一样惊讶。我想我已经受够了这些侮辱,所以今天在被攻击之前我决定先下手为强。

"不管怎么说,凡事都不要太过分。"埃马努埃莱也警告我。

"克洛迪娅摔倒在地的时候,看她那副样子!"调皮的爱丽丝开玩笑说,"太难得了,你们不觉得吗?"

埃马努埃莱和阿依夏也许不愿意这样,他们微微一笑,而爱丽丝、埃利亚斯和我却朗声大笑起来。

我急着把这事告诉吉娜。

上午8点30分

我们这一小群人来到地理课的教室时,迎接我们的是一片交头接耳声。克洛迪娅已在我们之前进入教室。事实上,所有的目光都看着我。我觉得我小小的玩笑已经以光速传播开来。我装作若无其事的样子,走向自己的座位。让这一小群赶时髦的人今天再来欺负我吧!我已经决定要让他们看看魁北克人不是好欺负的!可直到上午过去一半,仍然什么事情都没有发生。我甚至有点失望了……

上午11点

地理课结束了,克洛迪娅和她那帮人看都没看我一眼就出去了。接下去的法语课也如此。好吧,他们是不想理我。这样最好!想象中,我挺起胸膛,鼓起肱二头肌,我是恐怖王珠儿!我来了,我看见了,我胜利了!①

不知不觉中,我把最后这句话说了出来。

"你知道,珠儿,"埃利亚斯十分严肃地对我说,"如果我是你,我不会这么快就声称自己胜利了。在周末之前,可能还会发生许多事。战争期间低估敌人也许是最大的错误。"

我惊讶地张开嘴,然后合上,没有反驳,我找不到任何话来回应这一提醒。我耸耸肩。走着瞧吧!

上午11点05分

好天气回来了,我们决定买些羊角面包到公园里去吃。康斯坦丝和菲丽帕在糕点店门口等着我们。我极度膨胀,忍不住大声嚷嚷起来,生怕别人听不见:

"瞧!这两个时髦的女大使,她们屈尊亲自

---

① 原话是罗马皇帝恺撒说的,拉丁文原文为:Veni, vidi, vici.

买羊角面包了。你们的仆人今天放假还是讨厌你们了，或者是抛弃你们了？"

"你吃错药了？"菲丽帕惊讶地转身问我。

"你们让我恶心了，我在想我为什么不扇你们几个大嘴巴子。"

"这呀，我的小东西，说起巴掌，你很快就会尝到的！"康斯坦丝威胁说，显然，她也发怒了。她手里提着那袋羊角面包，一边拉着菲丽帕往门口走，一边对我的伙伴们说，"要教教她怎么在公共场合说话做事。"然后，她指着我，大骂道，"这只愤怒的小猴子应该被关到动物园去！"

我不知所措，不确定自己最后是否真的胜利了。尽管我成功地激怒了她们（我对此感到很高兴），但我对自己被她们当作"小猴子"并不是太开心。我说想扇她们几巴掌，但那是吹牛，因为我在体力上并没有太大的优势。我唯一一次打架，是在4年级的时候，因为凯文·谭布雷叫我"烙饼朱丽叶"，我把一杯牛奶泼到了他脸上。他湿淋淋地朝我扑来，由于他比我强壮不少，我回家时身上到处都青一块紫一块的。第二天，妈妈到校长办公室大吵大闹,要求赔偿……多大的耻辱啊!

"当心,珠儿,"阿依夏好像猜到了我在想什么,她提醒我说,"这种玩法很少能赢得真正的胜利。"

我耸耸肩。不管怎么说,吉娜会为我而感到骄傲,因为我反抗了!

上午11点40分

自从那天的"spaghettis-macaronis-tortellinis"(意大利面-通心粉-意大利式饺子)插曲引起了全班同学大笑之后,我就害怕意大利语课和意大利文化课。但没办法,因为不得不去,于是我步伐坚定地走进了教室。

我虽然不是很确定,但觉得老师今天有意不让我回答问题。我有点生气,不再举手,哪怕在我想回答的时候。我开始打瞌睡了,脑袋轻轻地摇晃。突然,一句不知从哪儿来的话让我惊跳起来。

"人们所说的下东城区(Lower East Side)在美国的哪个城市?电影《教父》中的小意大利在什么地方?"(当然,他是用意大利语问的。)

我毫不犹豫地举起手。我当然知道答案,甚至还去过那个区。(不瞒你说,《教父》是一部老年人看的电影,我从来没有看过。但这是另一回事。)

我很高兴终于有表现的机会了,急忙左右挥手。让我没想到的是,老师好像没有看到,而是继续说:

"我给你们一个提示吧!意大利裔的美国演员罗伯特·德尼罗就在那个街区长大的。"

我不知道这个提示是什么意思,也不认识罗伯特·德尼罗,但我坚信我知道这个问题的答案,所以坚持要回答。于是我第二次举起了手,但老师继续无视我的存在,让菲丽帕来回答。

"圣弗朗西斯科吧?"她试着回答。

当然不对。老师显然很失望,转身问安德烈亚。

"魁北克?"安德烈亚说。

这就太过分了!老师没有选我,让我感到非常沮丧,我忍不住大声地说:

"不对,可怜的傻瓜,你太蠢了!在纽约的曼哈顿,而不是在魁北克。你难道从来没有离开过欧洲吗?"

全班一片寂静,大家都被我惊到了。至于安德烈亚，他羞得满脸通红。糟糕，我也许太过分了。我也许不该影射安德烈亚从来没有去过欧洲以外的其他地方……老师扫了我一眼之后，继续无视我的存在，已经开始提另一个问题。但谁都没有注意他，大家都看着我。好了好了，还是不要小题大作了。可星期二，当我答错问题的时候，全班人都笑得人仰马翻。今天，因为答错的是安德烈亚，大家就埋头不说话了。我觉得这也太夸张了！我用目光寻找阿依夏和埃马努埃莱的支持，但阿依夏埋头看着作业本，而埃马努埃莱则不情愿地点点头。于是，剩下的时间我又开始打瞌睡。我在这所学校里纯粹是浪费时间。

下午2点

上完课，我和朋友们在走廊里会合，准备一起去餐厅。餐厅门口，大家在排队。我太饿了，都等不及了。吵架很容易饿。尽管我很想推开前面的同学，想排得更快点，但最后还是乖乖地排在队尾。克洛迪娅、康斯坦丝和菲丽帕刚好排在我们后面。

"哎，"菲丽帕嘲讽道，"你那个推铅笔的母亲今天中午把你扔在这里了?"

我瞬间睁大了眼睛,不确定自己是否明白她说的"推铅笔的"是什么意思。我想她应该是暗示我母亲是记者吧,必须用笔写东西谋生。我愤怒地扭过头,说:

"你妈也许正坐着游艇,陪同并不尊重她的胖阔佬在晒肚脐眼,而你却在这里污染我们的生活,是因为她不想带你玩?"

"啊!"

让我大吃一惊的是,菲丽帕不但没有反驳,而是脸色发白,掉头走了。我听见她哭了。难道我是在做梦?

我得承认,我的回答有些恶毒,这连我自己也感到惊讶。我明显感觉到,昨天晚上,一个邪恶的仙女把我变成了一个巫婆。但那个女孩是自找麻烦!

我对康斯坦丝耸耸肩,用嘲讽的语气说:

"她怎么了?她不喜欢别人对她以牙还牙?"

她也耸耸肩,对我说:

"我想,你肯定碰到她敏感的东西了,你可以为自己感到骄傲了。请你告诉我,你究竟怎么了,昨天还像一只可怜巴巴的小羊羔？你吃了疯牛肉还是怎么的？"

这种新本事让我很高兴，我露出牙齿，假装要用双手去抓我的敌人，咬他们。我大声地说：

"才不是呢！我吃的不是疯牛肉，而是狮子肉。我想我也会吃掉你，教你怎么礼貌待人。"

"啊，这个人疯了！快把她关起来！"康斯坦丝大叫着，然后小心地走到一边，离开了自己的位置，跑到队伍最后和刚来的人排在一起。

埃利亚斯笑得直不起腰来，爱丽丝也笑得喘不过气来。埃马努埃莱和阿依夏开始还挺矜持，但最后也受到感染，大笑起来。

"我们的这个魁北克小女孩，她滑稽起来的时候真够滑稽的！"爱丽丝开心地说，"珠儿，你今天早上起床的时候好像亲吻了一只青蛙[1]。"

"总之，我们在学校里很久没有看到这么多好戏了。"埃利亚斯指出。

---

[1] 暗指《格林童话》中的《青蛙王子》。王子受诅咒变成了一只青蛙，直到一位美丽的公主亲吻了他，他才变回了英俊的王子。此处指"亲吻青蛙"后，逆境变为顺境。

"问题是,珠儿正在给自己树敌。"阿依夏很克制。

"复仇只能带来两败俱伤,"埃马努埃莱也附和道,"应该盖上这锅滚烫的水,否则最后总有人会被烫伤。"

"啊,还是别那么夸张了!"爱丽丝反驳说,"你也许知道罗马人在尼禄统治时期是怎么做的。他们迫害异教徒是因为他们……不一样。难道你愿意珠儿被康斯坦丝和克洛迪娅折磨吗?"

"他们毕竟是少数人。你知道,角斗士时代以来,意大利已经发生了很大的变化。这里的人大多都非常和蔼。珠儿最好还是忘掉不愉快的事情,多想想好的事情。"埃马努埃莱若有所思地说。

埃马努埃莱说起话来有时像吉诺。我不确定自己永远都会喜欢……

下午2点10分

餐厅里的东西品种太多了,我都不知道该怎么选择。让我吃惊的是,我没有看中比萨饼,也没有看中意大利面。当埃马努埃莱建议我尝尝新东西时,我犹豫了。由于他和爱丽丝、埃利亚斯都要了意式丸子(gnocchis),我也点了同样的东西。这东西有点像面食,所以应该好吃。头菜嘛,我被炸南瓜花(fiori di zucca)吸引住了。那东西好像也很好吃,闻起来就很香。接下来就是要尝一下那究竟是什么东西了……

下午2点15分

"啊,你点了炸南瓜花。"当我走到阿依夏的桌前时,她大声地说。

"啊,是的。"

"还有意式丸子。"埃马努埃莱补充说。他很得意,也坐了下来,"在罗马,根据传统,星期四应该吃丸子,星期五吃鳕鱼,星期六吃内脏。朋友,你现在成了一个真正的罗马人了。"

"原来是这样。谁能告诉我我点的究竟是什么东西?因为我一点都不知道我将吃的是什么。"

"炸南瓜花是把南瓜花包上莫泽雷勒干酪

（mozzarella）放在油里炸出来的。"阿依夏对我解释说，"很好吃。你尝尝就知道了。"

"真的是花吗？"我半信半疑，把一个炸南瓜花塞到嘴里。

嗯，我得承认这确实很好吃，也许因为是油炸的，里面又有奶酪。

"至于意式丸子，"埃利亚斯接着说，"它是面食大家庭中的一员，但它是用土豆粉做的，而不是面粉。"

味道有点怪，但我喜欢，况且意式丸子是用番茄汁和奶酪丝烤的。毫无疑问，回魁北克时，我得换新衣服了。因为来罗马后，我应该胖了三四公斤。事实上，我丝毫不反对妈妈给我买新衣服。别幻想了：逛商场购物不是老妈的长项。自从我们到这里以后，她已经给我买了许多衣服……我很担心我们下次逛商场要等到明年开学的时候了。所以，从现在开始，胃口最好还是不要太大……（哎，你母亲喜欢逛商场吗？）

这时，纳塔尼埃尔向我们走来。我寻思他过来想干什么。

"女士们、先生们,请原谅我在你们进餐的时间打搅你们。"

我母亲的这位朋友,他很和蔼,但他太有礼貌、太毕恭毕敬了,让我忍不住笑起来。我很难把他说的话当真。不过,他的表情非常严肃,我希望他不会宣布什么对我们当中某个人不利的消息……哎呀,我觉得他看的是我!

"朱丽叶,用完午餐你到我办公室来一趟。我有事找你谈。很重要。"他说。

天哪,他想要我怎么样?我很担心。他也许听说了我昨天在班上的行为?要么是有人把今天早上的事告诉他了……肯定是克洛迪娅和菲丽帕去告状了!要么是意大利语老师亲自去说的……真可怕!

"嗯……但妈妈4点整要来接我。"

"我知道,朱丽叶,先好好地用餐,然后来找我。2点40分,你方便吗?我的办公室在三楼,你还记得在哪里吗?"

"嗯……记得。"我虽然说记得,但心里并不是很肯定。

会不会是康斯坦丝那个当大使的妈妈在他办公

室里，等着教训我呢？或者是纳塔尼埃尔已经打电话给妈妈投诉我？要不就是安德烈亚的父亲（他本人也是已故名人的后代）对我把他儿子当作傻瓜这件事感到不高兴了？我会不会休闲周还没结束就被赶出学校，甚至还来不及正式注册？天哪，多大的耻辱啊！待会儿到了校长办公室事情就闹大了，这是肯定的。我今晚回去的时候妈妈会有什么反应？

或者就是纳塔尼埃尔想告诉我，他喜欢我妈妈，想娶她。不，我睁大眼睛，摇摇头。如果她也爱上了他，她早就跟我说了。至少我是这样认为的……而且，她只爱我和外婆（起码现在如此）。哎呀，我太紧张了！多大的事嘛！

"学监想让你干什么？"爱丽丝习惯性地眨着眼睛。她对此很感兴趣，"我在这所学校读了两年，他还从来没有让我去过他办公室。"

"我觉得，尽管你也许是我们当中最调皮的，跟'恐怖王珠儿'相比，你算是个天使。"埃利亚斯嘲讽道。

"我成了你的'恐怖王珠儿'！"我大喊一声，装作要把一个丸子扔到他脸上。

"可怜可怜我吧,强大的尼禄,饶我一命。"埃利亚斯双手合十,对我说。

"是的,"爱丽丝也加重语气,装出一副乞求的样子,"饶了你过去的盟友们吧!"

我的4个朋友大笑起来。是的,我觉得自己现在已享有威信,但并不确定这是我所希望的结果……

"今天下午我们全都没有考试,那我们就在这里乖乖地等你回来,好知道究竟是什么事。"阿依夏口气严肃地说。

这样最好,因为我想我可能需要大家的安慰。

下午2点45分

"咚咚咚!"

"进来,朱丽叶。"是纳塔尼埃尔的声音。

我徒劳地想克制住双手的颤抖,以便平静地转动门把手。我不喜欢去校长办公室,不管是哪个学校的校长。

"孩子,请坐。"

我发现就纳塔尼埃尔一个人,便松了一口气。

事情已经明了。我没有办法，只好保持沉默，低着头，眼睛谦卑地看着罗马夏多布里昂中学校长办公室的地板。

"朱丽叶，我今天上午跟你妈妈通过电话了。你知道我们谈了些什么吗？"

"嗯……不知道。"我目光游离，假装不知道。

"她发现这两天你魂不守舍的，说你晚上做噩梦，问我学校里是否发生了什么不正常的事。我答应她问一问你。告诉我，你跟这里的同学相处得好吗？一切都顺利吗？"

"嗯……"

我愣住了。我承认我不知如何回答。

"别拘谨，如果有什么事不对劲，你一定要说出来。"他强调说。

"……"

"朱丽叶？"

纳塔尼埃尔挠着脑门看着我（他的脑袋光秃秃的，像个鸡蛋）。这可怜的人，他好像跟我一样局促。

"嗯……都好，一切都很好。"

"我答应过你母亲，一定要让你在这里过得愉快，终生难忘。如果发生了什么事，有什么事情不对劲，我必须首先知道。无论遇到什么问题，我都会帮助你的，你明白吗？"

我脑袋里千头万绪。至于说难忘，这没得说，在这里的几天我绝对忘不了。问题是，鉴于我这两天的行为，我觉得不宜投诉安德烈亚、菲丽帕、克洛迪娅和其他人！我们在战斗，我只能靠我自己。如果我必须在这里度过一个学年，我不敢保证我不会告诉他。但我只在这里待一个星期，战斗也一样。

"是的，我明白。如果有什么事情不对劲，我肯定会通知你。"我突然站起来向他保证，脸上露出虚伪的笑容，说："谢谢你，纳塔尼埃尔先生。我可以回到我的朋友们身边，直到我妈来接我吗？"

"好的，珠儿。"纳塔尼埃尔同意了，但好像还是非常担心。"我相信你。如果你在这里过得不愉快，你母亲不会原谅我的。有什么问题，你随时都可以来找我。"

"一言为定。"

我转身回到学生餐厅。我母亲的这个朋友的愿望是好的，但太晚了……

下午2点55分

正当我漫不经心地走下楼梯时,一个尖厉的声音差点刺破我的耳膜。好像是火警!我嗅了一下,发现空气中弥漫着一股焦味。好像来自楼上,要不就是来自楼下餐厅的厨房里……算了,这个警报也许只是演习。我耸耸肩。

但是,三楼音乐教室的学生们突然都涌向楼梯,进行常规疏散了。神经病!课外时间进行这种练习,亏他们想得出来!我好不容易有机会可以在课后跟伙伴们去溜达溜达……

下午3点05分

我不知道发生了什么事。但这种疏散好像跟我通常见到的不一样。周围人的脚步比我想象的要快,有几个人的脸色甚至很慌张。突然,我听到了纳塔尼埃尔的声音:

"女士们、先生们,这不是演习!保持镇定,但请立即前往预设的集合点,也就是说校外,大门外马路对面的人行道上。"

"天哪!真的出事了。"我大叫道。

楼梯上的脚步声更加急促了,我的四周一片惊恐的叫声。我只有一个念头:得找到爱丽丝和阿依夏他们,他们一定还在那里等我。餐厅在二楼,而大门在一楼。我勇敢地离开了大楼梯,跑向右边通往二楼餐厅的走廊。谁都没有注意到我,我一个人孤零零的。没想到,这层楼好像一个活人都没有了。餐厅的门是关的。

我的那些朋友都去哪儿了?我在走廊里跑来跑去,四处张望,但没有看到他们的影子。他们一定去了什么地方。我继续乱跑了一会儿,离开餐厅所在的那个侧翼越来越远。突然,焦味一下子涌了上来,我感到恶心,心跳越来越快。毫无疑问,什么东西烧着了。我的鲁莽会不会让我困在这里,成了新一场罗马大火的牺牲者?我摇摇头。我必须保持镇静,只需原路返回,找到通往大门的大楼梯。

3月9日星期四

下午3点10分

"丽维娅,你在哪里?丽——维——娅,回答我!"有个声音在大喊。

突然,克洛迪娅出现了,脸色苍白得像个幽灵,惊恐万状。

"你看见丽维娅了吗?"她问我。

"谁是丽维娅?"我惊讶地反问道。

"她本来跟大家在一起的,但没下楼。我到处找都找不到她。"

我的这个敌人声音尖厉,一脸绝望,看得出她紧张到极点了。我耸耸肩,有点漠然,也有点尴尬。如果说她失去了理智,那也是我的错吗?我不敢肯定。不过,我也不希望她遇到什么不幸。

"你的朋友肯定已经到外面去了。我们最好也到外面去。你走吗?"

但克洛迪娅好像没有听见我说话,而是喊得更大声了:

"丽维娅,你在哪里?丽维娅!"她一边走远,一边声嘶力竭地大喊。

我犹豫了一会儿。我应该跟上去吗?我不知道这是不是个好办法。绝望之中,我做出了最后的尝试:

"走了,克洛迪娅!别做蠢事了,否则我们俩都会送命的!你要去哪里?你不能到那里去!克洛——迪娅!喂!喂!喂!"

突然,我剧烈地咳嗽起来。浓烟正扑进走廊。我得尽快离开这里。我不可能眼睛都不眨,这样白白地被烧死,就像公元64年尼禄的受害者那样。那样的话我母亲会骂死我的。

我不无愧疚地离开了克洛迪娅,抄最近的道,跑向通往一楼的楼梯,逃到了校园外。

下午3点15分

"天哪,朱丽叶!你怎么样?你去哪里了?"爱丽丝、阿依夏、埃利亚斯和埃马努埃莱向我奔来,异口同声地问。

"我在找你们。"我可怜巴巴地说。

"这太荒谬了!你真是个榆木脑袋!没听见警报吗?那是要大家离开的信号!"

埃马努埃莱一脸愁容,痛苦地说,"真的发生火灾了。好像是从二楼的教室里烧起来的,就在音乐室所在的那个侧翼,低年级的学生也在那里。"

"总之,烟雾是从那里开始冒出来的。"

(我不怎么高兴被别人当作"榆木脑袋",但我觉得自己的表现名副其实。)突然,我发现我忘了什么东西,一拍脑袋,说:

"我刚才遇到克洛迪娅了,她在找一个叫做丽维娅的人,不肯跟我一起出来。你们知道那是怎么回事吗?"

"天哪!不会吧?"埃马努埃莱好像大难临头,"你是说她还在里面?"

"我想是的。"

"快!"埃利亚斯迅速做出反应,"必须立即通知学监和消防员。"

他和埃马努埃莱跑远了,阿依夏和爱丽丝则搂住我,安慰我。

"别担心,"阿依夏让我平静下来,"会找到她们的。"

"但愿如此。"

一道阴影突然出现在我的脑海里。

如果我没记错的话，星期三，克洛迪娅把大家的注意力都引到我裤子上的血迹上时，我曾祈祷来一场地震或是一场大火，毁灭这所学校。天哪！我怎么能期望这样的事情？我永远也不能原谅自己！

"可谁是丽维娅呢？"我追问道。

"是克洛迪娅的妹妹。"爱丽丝咬着下唇告诉我，"她很爱她妹妹，但愿她们姐妹俩都平安无事。"

"……"

我不由自主地流下了眼泪，一句话都说不出来。

下午3点25分

我和女生们紧紧地抱在一起，担心极了。我陷入沉思，与可怕的罪恶感做斗争。难道是我凭借复仇的意念造成了这场火灾？我不相信。如果是这样，我永远都无法原谅自己。你，对，就是你。你真的相信会发生这种事吗？去年万圣节时，我好像在恐怖电影中看到过这种事。

我摇摇头，不会的。这种事情只能在电影

中……或者在噩梦中发生。是这样！我正在做梦，很快就会醒来。妈妈！如果我能从这场悲剧中全身而退，我发誓，当我晾衣服或收拾餐具的时候，我绝不发牢骚。而且，每个星期一，不用你说，我会主动把垃圾拿到外面去倒。

下午3点35分

现在，学校北翼二楼的一个窗口冒出了一缕烟雾。两个全副武装的消防员从一条消防梯爬上去，用长长的水管喷水扑灭了大火。但还是没有克洛迪娅和她妹妹的消息。

纳塔尼埃尔把情况告诉了消防员。在埃利亚斯和埃马努埃莱的请求下，另外两个消防员走进大门，去寻找她们，但此后谁也没有出来。等待期间，人越聚越多，帕特里齐别墅路对面的人群一片死寂。

我垂头丧气，继续默默地祈祷，从头到脚都在颤抖，心里难受极了。并不是因为我转而喜欢克洛迪娅，而是我觉得我们的吵架与目前的悲剧相比显得非常无聊。菲丽帕和康斯坦丝站得远远的,我看不清她们的脸。这样更好。这样的等待是多么让人心焦!我试着想象克洛迪娅的妹妹消失了。我没有兄弟也没有姐妹,但我仍然能感觉到克洛迪娅发现丽维娅不见了之后心里有多么焦急。想起这一点我就难受。看一眼爱丽丝和阿依夏悔恨的神色我就可以确认,她们的感受跟我是一样的。

下午3点40分

一阵意想不到的喧哗声让我抬起头。大门口那边骚动起来。啊,一个金色头发的人刚刚出现了,人群纷纷向她拥去。

"是克洛迪娅!"爱丽丝大叫起来。

"你确定?"我问。(我正在低声感谢上天、地母、众神甚至圣人。)

"是的,是克洛迪娅!"阿依夏说,脸上露出了感激的笑容。

"啊,可她为什么抱着一个大盒子。"爱丽丝问。

所谓的大盒子其实是一个女孩,也许就是克

洛迪娅的妹妹。我的心突然一紧。她们都好吗?克洛迪娅把她妹妹放在地上,她妹妹笑着回答消防员的问题。我大大地松了一口气。两姐妹好像都没事……但愿真的如此。

下午3点45分

消防员们跟着克洛迪娅走出大楼,向纳塔尼埃尔走去。所有的烟雾都消失了,大家开始露出笑容,互相说起话来。埃马努埃莱和埃利亚斯笑着走到我们身边。

"结果好才是真的好。"埃马努埃莱说。

"是的,la vita è bella!(生活是美好的!)"阿依夏、埃利亚斯和爱丽丝回答说。

"Viva Roma!"("罗马万岁!")我也大喊起来,不确定这话是否应景……

救护车到了,人们把克洛迪娅和丽维娅抬上车,尽管这两个女生都不愿上车,因为她们除了受到惊吓好像没受什么伤。这也许是为了谨慎起见。莫里瓦尔老师声音温柔但很坚决,她一定要跟她们一起上车。

下午4点

救护车开走了,消防员也开始收拾器材。除了打碎的玻璃,没有人看得出今天下午这里差点发生悲剧。尽管如此,由于家长们已经纷纷到达,看见我们全都站在外面,比画着在说什么,他们还是感到很惊讶,也很担心。

我在寻找老妈,但没找到……她不会把我忘了吧?悲催!

下午4点05分

在大家的追问下,纳塔尼埃尔对学生和家长们说:

"女士们、先生们,消防员刚刚向我证实,今天下午,一盆化学品被遗忘在化学实验室,碰到了蜡烛,发生了一场小小的火灾。幸运的是,火灾没有造成任何严重的后果。两个女生被送进了医院,但她们的状况丝毫不用担忧。消防员最后也证明,只有实验室被烟熏黑了。所以,如果大家愿意,现在可以回学校去等自己的家长了。不用说，夏多布里昂中学明天照常上课，课程没有任何改变，没有任何课取消，只有化学实验课推迟了。最后，我要祝贺我们的学生，你们在这场小事故中的表现堪称典范。我感谢你们。"

我抬头望着天空。什么课都没有取消？那战斗有可能重新开始……

下午4点20分

"我的朱丽叶，今天过得怎么样？"老妈看到我一个人坐在大门底下的长凳上，问。她什么都不知道。

"发生了一场火灾，所有的学生都差点被烧成焦炭，所有的家长都把自己的孩子领回去了。除此之外，一切都算挺好。谢谢。"

"火灾？你不是在开玩笑吧？"

她张大嘴，脸色苍白，右手捂着胸口。好了好了，我想今天受到的惊吓已经够多了，我就不想太使坏了。

"我跟你开了个小小的玩笑。确实发生了一场火灾,不过不要担心。火很小。但消防员还是来了,把火扑灭,然后离开了。你为什么来得这么晚?"

"你说的是真的吗?消防员?我可怜的女儿!让我进去问问纳塔尼埃尔,看看里面的损失有多大。"

"别打搅他了。没什么好看的,因为消防员一刻多钟前就走了。损失很小,明天早上照常上课,像往常一样。"

"是这样吗?但这毕竟是一件大事!朱丽叶,这种事情发生在你身上,真让人不敢相信!"

"你还没有告诉我你为什么迟到。"

她扫了一眼手表。

"我迟到?晚了一刻钟,这不算是什么迟到吧。好了,咱们走?"

(你看到了吧?多么虚伪!如果是我迟到了10分钟,她会满世界乱找,坚信我遇到了天大的不幸。)

"其他同学都好吧?"她还在担心。

"都好。我们现在去干什么?你到底要带我去什么地方?"

我急着换个话题。今天,关于冲突和小小的灾难讲得太多了,我甚至都不想问她为什么要让纳塔尼埃尔来找我。我现在只有一个愿望:转移注意力!

"我想我们可以坐有轨电车去银塔广场(Largo di Torre Argentina)。"

"去哪里?还是一个可以容纳30万人的博物馆?"

"那是一片废墟,而不是博物馆。那个废墟的参观者很多,但不是人。"

"那是谁去参观?幽灵?"

"是猫。"老妈脸上带着神秘的微笑,说。

"怎么回事?"

"走,我给你一个惊喜。"

经过这动荡的一天,我不相信还有什么能更让我感到惊奇。

下午4点30分

我们在一个广场附近下了有轨电车。那是一个长方形大广场,这种广场在罗马到处都是。让我们没想到的是,广场中心有许多废墟(是的,在罗马遍地都是废墟)。但在这里,废墟被用四面玻璃高墙保护了起来。

"约公元前500年矗立在这里的许多罗马宫殿的遗迹全在这里。这是一个圣地。"妈妈对我说。

"嗯……好吧。猫呢？猫在哪儿呢？"

"据说罗马城内有30多万只猫。"

"我在这里一只都没看到。"

"可这里是它们的藏身地之一。好好看看下面。"

我在广场上搜索着。这个著名的废墟在地面下方，现在的城市好像是建在它上面的。要让它重见天日，就必须挖地。在大理石柱和灰色的古墙之间，到处都长着植物。突然，我看见一只胖胖的猫，舒舒服服地坐在一根柱子的顶端。

"那儿！"我指着那只棕色的大猫，大声地说，"它太可爱了！"

我很喜欢猫。

"这里也有一只。"老妈指着另一只猫，它在墙的另一边，几乎就躺在我们脚边。

"那里还有一只。那里，那里，还有很多很多。"我大叫起来。

我的眼睛慢慢地适应了周围的环境，我开始扫

3月9日星期四

视着这个地方，想分辨出不同的灰色，这时，我才发现，每个角落都舒舒服服地躺着猫。有的在悠然自得地晒太阳，有的躲在阴影里。有数百只呢！到处都有一些装满水和食物的盆子，放在它们够得着的地方。这地方真是猫咪的天堂啊！

"这个考古遗址的特别之处，在于它就像一个保护猫的社会，照顾着这些自遗址发掘出来起就生活在这里的猫。"妈妈笑着对我说。"你看，这些建筑遗址好像因为这些猫咪而具有了生命。你想进去吗？"

"能进去吗？"

"当然能。走。"

参观遗址是免费的。进门后，有条令人目眩的楼梯，一直通往废墟中间。照料猫咪的志愿者们很热情，让我们抚摸性格温顺的猫。甚至还有个女护士专门照顾病猫。可怜的小东西！它们不让人接近，但我对猫很有办法。通常，它们都喜欢我，我很喜欢长时间地抚摸它们。它们的毛是那么柔软，让我感到很舒服，能让我平静下来。

"啊，朱丽叶，你也跟猫咪一样温柔。看着你跟它们在一起,这是多么美好啊!"

老妈的这一评价让我很吃惊。我确实挺温柔的,但几天来,我已经表现得像头母老虎。很奇怪,是吗?我以前一直把友谊和团结放在第一位,不确定自己是否真的喜欢这个新珠儿。当我想到克洛迪娅和她妹妹差点出事,我就不寒而栗。至于其他人,我承认我一直恨他们,不过……

一只小猫在我怀里咪咪叫着,我轻轻地用脸摩挲它柔软的猫毛,立即就得到了安慰。这只小猫尽管还很小,但爪子已经不小了,看起来就像头小狮子。也许它并不像看起来的那样温柔……

"罗马城把猫列为罗马生态文化遗产的组成部分,"现场一个年轻负责人用蹩脚的法语对我们解释道,"有个法律保护着自由生活在这里的生灵,有条款规定,不但禁止任何人虐待它们,而且不能把它们赶出家园,否则将被罚款。罗马人一直很喜欢猫。你们想领养一只吗?"

"不了,很遗憾。"老妈摇摇头,欠了一下身,说,"因为这不可能。"

太遗憾了,我想。我很想把这一只带回家,可我一把它放在地上，它就跑走了。

小猫咪，你要去哪儿？

它再也没有看我一眼。显然，猫都很神秘，难以理解，就像罗马人一样。

"妈妈，这些猫都是从哪儿来的？"

"人们说，罗马人与猫的友谊从古代就开始了。罗马的第一只家猫好像是从埃及的一艘船上来的……罗马帝国的扩张让猫扩散到欧洲各国。皇帝们好像很喜欢它们，尤其是因为它们能制止老鼠偷吃储存的粮食，甚至有人说，当时，它们消灭了老鼠，把罗马城从鼠疫中救了出来。"

"阿嚏！"

现在，我得找地方洗手了。

下午6点

由于此时的气温还很高，我们决定经斗兽场步行回去。太阳很快就西下。这些天，差不多下午6点以后才日落。当我们准备穿过尼古拉·萨尔维路，朝科勒欧皮奥公园方向走去时，太阳已经落在古圆形剧场后面。

"Attraversiamo."（"过马路。"）当人行道的红灯变成绿灯时，妈妈抓住我的手，用意大利语说（她认真学过意大利语）。

"行了，妈，你用不着拉住我的手。"我一边挣脱一边低声抱怨。

我扫了一眼身后的千年建筑，后背一阵颤抖。头顶，天空一片湛蓝。透过窗拱，可以看见几片红艳艳金灿灿的云。当里面的灯光亮起来，让最后的游客从围墙里走出来时，斗兽场好像突然镶上了金边。整个画面像极了戏剧里面的场景，迷人极了。是不是自圆形剧场建造以来，所有在这周围生生死死的人都还在这地方徘徊？

我会怀念这个地方的。正如要回魁北克时，我觉得我会非常舍不得埃马努埃莱、爱丽丝、阿依夏和埃利亚斯一样。突然，我发现自己很期待明天的到来。我知道，你可能会觉得不可思议，但自从参观了这里之后，我第一次意识到，我急于见到我的那群好朋友，也急于重新吵架……真的？你相信吗？我浑身颤抖。毫无疑问，这场旅行正使我产生深刻的变化。

3月9日星期四

晚上7点

妈妈在做饭的时候，我看了一下吉娜或吉诺是否在线。魁北克现在是下午1点。嗯，我想我的朋友们这个点应该在家。

> **吉诺**：珠儿！我正想出去找吉娜，但很高兴看到你。今天在学校里怎么样？
> **我**：（警觉地）挺好啊！为什么这么问？
> **吉诺**：行了，告诉我真相吧！吉娜昨天跟你谈完之后，把一切都告诉了我。
> **我**：是的，我决定保护自己。今天过得相当好。
> **吉诺**：给我讲讲。

于是，我详细地给他讲述了这一天的情况。当然，他很惊讶，但跟我想象的不完全一样。

> **吉诺**：你怎么了，珠儿，我都不认识你了。
>
> **我**：你这是什么意思？
>
> **吉诺**：你不觉得自己在这件事情上做得有点过火了吗？我并不确定你是否真的掌控了局面。
>
> **我**：为什么？难道你希望我继续被人欺负？

我感到鼻子一酸。他不会又要教训我了吧？

> **吉诺**：根本不是这样，但我不相信复仇会是最好的办法。
>
> **我**：你说起话来像埃马努埃莱！在你看来，我应该怎么办？
>
> **吉诺**：你的新朋友好像很理智。你自我保护的时候应该更机敏一些。当然，那些人这样待你肯定是不对的。不过，如果你也采取同样的办法，以其人之道还治其人之身，你会有大麻烦的。你的态度会激怒他们。
>
> **我**：我不想受那帮人的折磨！我不愿意成为他们的受害者。我宁愿战斗，我是个战士！我要像角斗士一样，要么战斗，要么死。他们伤害了我，我要复仇！

3月9日星期四

我不知道以前是不是有女角斗士。我想没有……这没关系,我可以成为罗马的第一个魁北克女角斗士。

> **吉诺:** 复仇的愿望是很危险的,你会陷入一系列暴力。你必须比你的对手更聪明。你想打败他们,他们也想打败你,不如取得他们的信任。
>
> **我:** 我怎么才能取得他们的信任?
>
> **吉诺:** 研究你的对手。我是从空手道课上学到这一点的。尽量多了解他们。美洲的印第安人有句谚语:穿上他的鞋走一天路,才能对他做出正确的判断。
>
> **我:** 这是什么意思?
>
> **吉诺:** 这是说,他们这样对你,肯定有原因。你得自己去寻找这个原因。这将有助于化解你所陷入的小摩擦。现在,你走进了一条死胡同。珠儿,我为你担心。
>
> **我:** 吉诺·费南德,我怎么觉得你是站在我的敌人一边的呢?
>
> **吉诺:** 绝对不是。我跟你说这些,仅仅是因为我喜欢你,因为我比你想象的更了解你的处境,因为我经历过。

> **我**：什么时候?
>
> **吉诺**：你知道,我刚进入你们的学校时,我的处境非常困难。我和父母是从阿根廷来的,我的法语很差,口音相当重,许多同学都取笑我。哦,天哪!

他笑了。他笑起来的时候真好看。他讲起这件如此让人痛苦的事情时竟然不愤怒,这是怎么做到的呢?我和吉诺绝对是两类人。我承认我喜欢他,他总是那么积极向上。

> **我**：那么,在你看来,当你孤独无援的时候,怎样才能不把那些侮辱和愤怒放在心上呢?
>
> **吉诺**：珠儿,你并不是独自一人。你有埃马努埃莱、爱丽丝、埃利亚斯和阿依夏!

他犹豫了一下,又接着说:

> **吉诺**：而且你还有我,尽管我离你很远。你轻轻松松地认识了一些新同学,可你同样也应该学会认识自己,发现自己的长处和短处。我敢肯定,如果你更加熟悉你的"敌人",你一定会觉得他们并没那么坏。

> **我**：嗯……我想我有点明白你跟我说的话了。
>
> **吉诺**：我并不是劝你忍辱负重，也不是让你无动于衷。我知道你正处于艰难的时刻，人受到攻击的时候情绪激动，这是正常的。我只要求你一点，就是不要违反天性。要努力学会如何经受这一切但又保持自己的本性。我仍然像你离开魁北克之前那样喜欢你。

他又笑了。我被说服了，他说得对。我觉得自己并没有真正成为一个角斗士。一个角斗士应该有办法用非武力的方式控制局面。

> **我**：我答应你。
>
> **吉诺**：好吧，明天再联系，把情况都告诉我。
>
> **我**：好的，再见，吉诺。
>
> **吉诺**：晚安，珠儿！

3月10日 星期五

下午2点

我和我的朋友们在博尔盖塞公园里。课后,所有的女生都被校车送到了这里。今天是一个节日,庆祝学期结束。庆祝活动的第一个节目是野餐。这是学校送给我们的快乐,以奖励学生们在最近几个星期的努力。应该说,当我和老妈游览罗马时,同学们几乎每天下午都有考试。对这次庆典,我既害怕又激动。通常,这种庆典好像都会让人难以忘怀,而我今天正想乐一乐呢!

今天早上,纳塔尼埃尔对我妈说,他傍晚的时候会亲自送我回去,因为庆典可能会结束得比较晚。(我希望晚上9点以后才结束!)但妈妈拒绝了,一脸愤怒的样子,好像有人要偷她的小鸡似的。要摆脱她的保护,没那么容易!有这样的老母鸡母亲,我有时会感到窒息,但必要时能享受这种保护,我又感到很高兴。长大,找到自己的平衡,这并不那么容易。

下午2点10分

我们全都坐在一张垫子上晒太阳。气温应该有22摄氏度。稍远处,"康斯坦丝帮"也坐在一条长凳上晒太阳。菲丽帕好像有些不高兴,一脸严肃的样子,好像有人刚刚宣布她已被逐出天堂。

学期的结束也意味着假期的开始。罗马的这家法语中学的学生可以放松一下了,大部分同学都将跟家长去度假,而不是待在国外的某所学校里(只有我母亲让我过这样的假期)。不得不承认,吉诺说得有道理:我在罗马的学习,尽管有些奇特(这一点必须承认),但也让我遇到了埃马努埃莱、阿依夏、埃利亚斯和爱丽丝,学到了许多新东西,甚至吃到了我一直都那么喜欢的意大利面。

一上午,克洛迪娅、康斯坦丝、菲丽帕和其他几个人都心怀敌意地看着我,起码表面上是这样。

这可不是好迹象。如果是一个星期前,想起今晚要向他们挑战,我会被吓得要死。今天,让我大吃一惊的是,我觉得自己一切准备就绪,绝不在这个国家再流一滴眼泪。我知道,我答应过吉诺不再与他们保持敌对关系,但今天早上醒来时,我意识到自己再也不允许别人吓唬我了。我将在适当的时候找到一个解决办法。

"克洛迪娅好像平静下来了,但菲丽帕今天好像很不舒服。你们觉得是因为我昨天上午对她说的那番话吗?"我问我的朋友们。

"肯定不是,"埃马努埃莱笑着安慰我说,"现在高估你的新本领还为时太早。"

"更糟糕的事情她都能忍受。"爱丽丝说。

"更糟糕?"

"你昨天不知道的是,"阿依夏轻声地告诉我,"菲丽帕的父亲去年死了,给妻子和女儿留下几十万欧元的债。曾有一段时间,菲丽帕要离开学校,全家要搬到意大利北部的一个小城镇去。她母亲到处找工作,但找不到。你知道,在意大利,失业很严重。这里的学生肯定比加拿大多得多。最后，她母亲遇到了一个很有钱的商人。问题是这个商人一点都不喜欢这个继女。她母亲一想起将陷入贫困就吓得魂不附体，所以决定让菲丽帕在罗马寄宿，自己跟新丈夫去米兰生活了。康斯坦丝的父母收留了她，但我想他们想方设法让她感觉到他们对她有多'好'。她也说跟他们一起生活很开心，但大家都能猜到她其实一点都不幸福。人们常常看见她偷偷地哭泣，尤其是在假期临近的时候。"

"啊，这确实可怕，我对她说了一些对她母亲不敬的话。"

阿依夏告诉我的事情让我有点惊讶，我不禁对这个敌人产生了一点同情。吉诺的话一直在我头脑中回响：穿上他的鞋走一天路，才能对他做出正确的判断。

下午2点30分

负责野炊后勤的人做得相当出色。公园里支起了两张长桌，上面铺着桌布。意大利最好的餐点都在上面：意大利面沙拉、各种各样的比萨饼、卡布里沙拉（insalata caprese，由番茄、莫泽雷勒鲜奶酪和罗勒做成）、香肠、甜瓜火腿、意大利火腿菠菜三明治……还有柠檬橄榄油洋百合。对后面这个菜，我承认我最想问的问题是："这种奇怪的蔬菜怎么吃？"

"没有比这更简单的了，你看我怎么吃。"埃马努埃莱好玩地说，"蔬菜煮熟了，叶子就很容易咬下来了。"

他认真地给我做示范，把蔬菜的叶子从外到里一张张地揭下来。

"我们要吃的东西在叶子的中间，就是你看见的那个肉质的东西。"他指着可以吃的那部分对我说，"像这样用牙齿把肉咬下来就行了。"

好吧！我小心地模仿着他。"用牙齿把肉咬下来"并不那么容易，我的牙齿会全部变成绿色的。

"我不知道自己是否喜欢，"我明智地把叶子放在碟子上，"但我很高兴尝了尝。"

我们还有新鲜的柠檬水用来解渴。甜点嘛，我们在等提拉米苏（tiramisu）和意式奶油布丁（panna cotta）。真好吃！你知道吗，提拉米苏是意大利美食中的传统甜点，它由鸡蛋、糖、马士卡彭奶酪（一种含奶油的奶酪）、饼干、可可和咖啡做成，真的很好吃。至于意式奶油布丁，那是一种熟的奶制品，是用奶油、牛奶和糖做的，加上一些明胶，使它变得坚硬，加上红果汁、巧克力酱、焦糖或蜂蜜。我真是太幸福了。

意大利以美食著称，这一点我早就知道，尽管妈妈信誓旦旦地说，国外的大部分意大利餐厅都没有地道的意大利菜。总之，这是我来意大利以后吃得最开心的一餐。

下午4点

为了帮助消化，我们临时举办了一场足球比赛。我吃得太多了，站都站不起来。我建议大家一起上场，并艰难地从桌边站起来。噢，裤子都差点绷开。小心！我跑得很快的！我成功地说服了埃马努埃莱、埃利亚斯、爱丽丝和另外7个同学跟我一起玩。很快，我们组成了两队，共11个人。安德烈亚和康斯坦丝跟我们对踢，但克洛迪娅和菲丽帕没有接受邀请，不过，她们一直在观看比赛。

可惜，在这一个小时里，我像没头的苍蝇到处乱跑，跑得气喘吁吁，却一次都没碰到过球。奇怪吗？当然，我并没有给自己的球队增光，但阿依夏还是热烈地给我鼓掌，埃马努埃莱、爱丽丝和埃利亚斯也拍拍我的肩膀鼓励我。我得说，到了最后，我变得很灵活……由于我和我母亲总是在旅行，尤其是在夏天，我从来没有机会参加真正的球队，所以我的球技并不怎么样。

意大利人好像从古代就开始踢足球，他们从会走的时候就开始玩球。在这里，人们把这种运动叫做calcio，其实就是足球，跟我们的球一样，规则也一样。

突然，机会来了，我的脚离球只有几厘米了。我发起了冲锋……嘭！康斯坦丝踢了我一脚，我一个嘴啃泥跌在草地上。这可恶的东西，她要报复我！这哪叫踢球啊！

但当我爬起来时，大家都已经跑远，很有可能谁都没有看见我的敌人使的暗招。我也得踢回她一脚。难道这场游击战永远没有个完了？我的好友们的话再次在我耳边回响。吉娜曾对我说:"如果有人进攻你,你必须自卫,而不是哭鼻子。"吉诺却建议我:"应该比你的敌人更聪明。"

我该怎么办呢?我糊涂了。

一阵阵欢呼声打断了我的思绪。康斯坦丝刚刚踢进了一球,结束了这场比赛。看来,我用不着现在就拿主意了。

下午5点

尽管我觉得刚刚才离开餐桌,但他们告诉我喝开胃酒的时间到了。真的吗?当然,我们都没到被允许喝酒的年龄,不能喝酒,但学校饭堂巨大的餐厅里好像有惊喜等着我们。也许我还能抢到位子……

由于我的牛仔裤被弄脏了,我想先到洗手间去换衣服,同时也想梳梳头、洗洗脸。今天早晨,我细心地把我蓝色的新裙子、一条牛仔裤和一双备用的鞋子放到了包里。晚会好像布置得很漂亮,我想我得穿裙子,松开扎成马尾的头发,让头发能自由地在肩上飘动。幸亏我随身带了眉笔和睫毛膏,甚至还带了一支口红。在意大利,毕竟不是天天晚上都有人邀请我参加晚会的,所以我要抢在别人前头,要给自己留一点时间,而不是匆匆忙忙地化妆。

"我们在餐厅见?"阿依夏建议道。

"好的,我20分钟后过去找你们。"我一边说,一边匆匆地朝学校走去。

一进入大楼,我就看见了菲丽帕。她刚好走在我面前,独自一人。当她转过身来的时候,我看见她一脸伤心的样子。也许是因为得知她喜欢的电影演员爱上了别人?要不就是她母亲拒绝给她买最新款的路易威登包包。我当然不齿,在我眼里,这个女孩只能是个肤浅的被宠坏的孩子。

现在,她打算上楼梯,到楼上女生的淋浴间去。我并不想跟着她……幸亏她没有看到我,所以丝毫没有察觉我在观察她。她的松糕鞋非常漂亮,但我觉得这对我们这个年龄的女孩来说有点太高了。只要一脚踏空,她就会摔倒。突然,她真的踏空了一脚,失去了平衡,直挺挺地摔下三个台阶。难道我有先知先觉的本领?莫非是我再次通过意念让她摔倒的?天哪!不管怎么样,菲丽帕的坠落伴随着吱啦声，很像是衣服撕破的声音。我产生了内疚感，赶紧向她跑去。

"你受伤了吗？"

"别靠近我，你这个粗人！"

"粗人"？这种咒骂让我愣在了原地。我在寻思这究竟是什么意思。算了，这不重要。如果菲丽帕·乔达诺小姐不想让我帮助她，我继续走我自己的路就好了。我在想什么？她不要我的关心？她自己能对付？说到底，我们并不是朋友。我往边上退了一步，发现我"最大的敌人"双手着地，屁股朝天，很难站起来（一点都不奇怪，因为她穿着那双可笑的松糕鞋）。但她右边屁股底下有什么？

那里有什么东西很奇怪，我不禁伸过头去想看个究竟。是块污迹还是个破洞？天哪！她的裤子撕破了一大块，上面有个大洞。大腿后部全破了，她右边的屁股露了出来。更糟的是，人们可以看到她的整条内裤。她的内裤是粉红色的，上面有白色和蓝色的蝴蝶。我又是惊恐，又想狂笑。但愿这种可笑的灾难永远不要落到我身上，但可怜的菲丽帕很倒霉。难道我的心那么狠，就这样把她抛下了？

下午5点15分

好了，我得做出决定。要么让菲丽帕自己去对付（不管怎么说，这不是我的事），要么我还是去帮她一把（可我得提醒你，她刚才还把我当作"粗人"来对待）。现在，她总算勉强地站了起来，慢慢地走远了。显然，她丝毫没有意识到她的裤子破了，不到两分钟，她右边的屁股就会吸引所有人的目光。（你怎么想？是的，就是你。就这样？好吧，同意。）

"嗨，菲丽帕！"

"我跟你说过了，不要你管。"

我凭着一股勇气（以及善心）追上她，一把抓住她的臂肘。

"我就说一句，很重要。你的裤子……"

"我的裤子怎么了？"

她用力甩开我的手，脸上充满了敌意。我不由得后退了几步，用手指指她露出的内裤，然后小声地说：

3月10日星期五

"转过头,你自己看看吧……"

她终于不情愿地转过头来。

"天哪,太可怕了!"看到自己的裤子破了这么一个大洞,她惊恐地叫起来

她一副恐惧的样子,好像自己的屁股上刚刚长出了猪尾巴。

"是的。"我语气平淡地说。

我没想到的是,她双手捂住脸,号啕大哭起来。

"这不是真的。"我听见她一边哭,一边结结巴巴地说。这下可什么都齐了。

唉,我现在处于两难的境地。一方面,我很想一走了之(谁让她这么令人讨厌?);另一方面,如果我有能力帮他,我做不到扔下她不管。我犹豫不决。头一秒,我想起了吉娜,想让菲丽帕自己去倒霉;但第二秒,我又想起了吉诺,我想从脑海中扫除这些愚蠢的争吵,向我的敌人伸出援手。无论如何,现在我已经不想笑她了。我包里有备用的衣服,鉴于周三发生的事,老妈觉得今后应该更加谨慎,至少是这个星期。你还记得吗,星期三那天,我的例假突然来临,血渗透了我的牛仔裤。

"菲丽帕……"

她没有回答,而是在可怜巴巴地抽泣。她那副绝望的样子唤起了我的同情心。

"我可以……这么说吧……我愿意帮助你。我……包里有备用的牛仔裤,我们的个子差不多。如果你愿意,我可以把我的牛仔裤借给你。"

我的敌人惊讶地放下捂着脸的双手,眼睛和鼻子红红的。她这样可真不好看。

时间很紧迫。我朝后面扫了一眼,看见我的朋友们过来了。安德烈亚和康斯坦丝也离他们不远。

"康斯坦丝来了,"我悄悄地问菲丽帕,"你想让我叫她过来吗?"

"千万别。她虽然是我的朋友,但只要有机会,她就会取笑我。如果你愿意帮助我,你就编个理由让我悄悄地离开这儿。"

她说这话时声音很轻,还悲惨地吸着鼻子。这时,我得光速般地动脑子想办法。你有办法吗?因为不到20秒他们就会来到这里:好人帮和坏人帮一起到。当我遇到埃马努埃莱的目光时,我不再犹豫了。

"阿依夏、埃利亚斯、埃马努埃莱和爱丽丝,快来，有事找你们。"

我的朋友们很快就跑了过来。阿依夏和爱丽丝一看就明白了怎么回事，她们站在菲丽帕前面，用自己的身体形成了一道屏风。埃利亚斯、埃马努埃莱和我站在第一排，挡住了所有人的视线，对来到我们身边的安德烈亚和康斯坦丝笑着。

"你们好。"我跟他们打招呼。

"你好，魁北克人。"康斯坦丝说，"你好，菲丽帕。你们这群朋友在干什么？朱丽叶，你在给他们上魁北克语课啊？"

"我们很快就来，"埃马努埃莱说，"菲丽帕要给我们几个米兰的地址，她的圣诞假期就在那里过的，她知道哪里好玩。待会儿见。"

"待会儿见，孩子们。"康斯坦丝说，脸上带着嘲笑。

"一会儿见。"我也向她笑笑，还摆摆手。

"好了。那帮坏蛋终于走了。"康斯坦丝转身走了之后，爱丽丝比画着轻声地说。

下午5点30分

在女厕所里,阿依夏、爱丽丝和我把菲丽帕围了起来。男生们在餐厅里等我们。爱丽丝总是那么干练,从包里拿出一整套化妆品来。"首先要消除你眼睛下面红色的污迹,"她对菲丽帕说,"你有一双漂亮的眼睛,不能让眼泪玷污了它们。"

爱丽丝太了不起了。她既会戏弄人,也能显得很慷慨。她手里拿着一支遮瑕膏,像一支大大的圆珠笔。

"让我来,"她接着说,"我会以惊人的速度把这些都擦掉。"

"好吧。"菲丽帕吸着鼻子说。

"我们的眼珠的颜色是一样,"阿依夏也说,"你要我给你一点眼影,衬托一下它吗?"

"好啊。"菲丽帕同意了。

当我的朋友们围着我的前敌人团团转的时候,我从包里拿出了牛仔裤。

"恐怕这就是你和康斯坦丝那天嘲笑过的裤子。"我警告她。

"啊,污迹没有了?"爱丽丝问。

"没有了。我妈把它洗掉了,她在这方面可谓是天才。"

"太好了。"菲丽帕大声地说,"我很想试试。"

"可是,可是,我不明白,"我惊讶得结巴起来,"星期三你们还觉得它很难看……"

"啊,那是因为妒忌。其实,这条裤子跟你很配,我们妒忌罢了。我妈是绝对不可能给我买这样的裤子的。你真的愿意把它借给我吗?"

"是的,我愿意。"

"这……用你的话来说,这太酷了!你太棒了。"她激动地扑过来搂住我的脖子。

(事情发生了多大的反转啊!甚至有点让人不知所措。你觉得呢?)

"你们三个人都太好了。"菲丽帕吸着鼻子,转身对其他女生说,"我之前太过分了。不知道该怎样感谢你们。"

她的睫毛上又沾满了眼泪。

(不会又开始了吧!)

"这很正常啊,"阿依夏急忙安慰她说,"你是我们的同学。没有什么比团结更重要了。"

"我完全同意。"我也笑着说。

(毫无疑问,这个国家让我经受了一切可能的激情和想象!)

一过我们的手,菲丽帕的脸上就再也没有泪痕了。她穿上我的那条牛仔裤真的很漂亮,这我不得不承认。

"当当当!È l'arte di arrangiarsi.(瞧我们的应付能力有多强。)"阿依夏激动地说,她对我们的集体化妆才能表示很满意。

"再次谢谢。"菲丽帕在我耳边轻声地说,"没有你,今天的晚会对我来说会是一场噩梦。你到这里之后,我说了你很多坏话,做了很多对不起你的事。我不知道怎么才能表达我的歉意。"

我们从最大的敌人变成了最好的朋友,这让我都不敢相信。

"别再想它了。忘了它!"我回答说,想把不愉快的回忆赶走。

"Evviva l'amicizia."("友谊万岁。")爱丽丝大喊。她笑起来很像个小精灵。

下午6点

阿依夏、爱丽丝、菲丽帕和我精神抖擞、意气风发,准备迎接全世界的挑战。我们肩并肩、手拉手,走进了餐厅。(要是在上午,谁敢相信?)

一队年轻的乐手已经在大厅演奏。音乐非常好听,我很喜欢。乐手都是从音乐班里选出来的,其任务是制造热烈的气氛,从喝开胃酒开始一直演奏到舞会结束。让我大吃一惊的是,乐队的明星是安德烈亚,他是吉他手,也是歌手。

"他真的会唱歌吗?"我有些不相信。

"会,他唱得很好,"爱丽丝眨了一下眼睛,说,"我知道,这可能会让人感到意外,但他确实有特洛耶·希文[①]那样的嗓子。"

"谁?"

"特洛耶·希文。"埃马努埃莱重复说,"那是澳大利亚的摇滚歌手,在这里是一个巨星,有点

[①] 特洛耶·希文(1995—),澳大利亚歌手。

像贾斯汀·比伯。"

"真的吗?"(毫无疑问,这个埃马努埃莱什么都知道。)

我不敢相信自己的眼睛,也不敢相信自己的耳朵。

"安德烈亚也会瓦斯科·罗西①的所有保留节目。在这方面,他很厉害。"埃利亚斯接着说,"爱丽丝说得对,安德烈亚很了不起!"

"确实如此。"阿依夏肯定道。

"是吗?可瓦斯科·罗索是谁?"

"是瓦斯科·罗西,"埃马努埃莱纠正我说,"那是意大利最有天赋的歌手。"

"哦。"

(我知道,我的问题很幼稚,但我既不知道瓦斯科·罗西,也不知道特洛耶·希文。我不知道自己该说什么。况且,我刚刚得知安德烈亚很了不起,而我10分钟前还以为他什么都不是呢!)

---

① 瓦斯科·罗西(1952—),意大利歌手。

晚上6点30分

今晚,纳塔尼埃尔罕见地把庆典举办得很隆重。我们用不着手里端着盘子在餐桌前面排长队,因为服务员灵活得像是婚宴上的侍应生,手里托着盘,穿梭在桌子之间,给我们送来柠檬水和开胃菜(antipasti)。瞧,我现在胃里又有地方了。我知道野餐刚刚结束,但我喜欢意大利熏火腿(prosciutto)。自从我来到这里之后,我就无法抵抗佛卡恰(focaccia)了,那是一种半是面包半是比萨饼的面食,里面夹着跟传统的比萨饼相同的馅。

"你们这些糊涂虫,玩得开心吗?"康斯坦丝悄悄地来到我们这一小群人旁边,问。我们谁都没有看到她走过来。

我满嘴都是食物,无法回答,但埃利亚斯接话了:

"如果你要找事,康斯坦丝,那就给我们走远点!我们希望开开心心地玩,可你的死人脑袋和恶毒的语言……"

"是的。滚!"爱丽丝低声地说。

"哎,菲丽帕,你现在跟这些脓包交朋友了?你知道吗,你并不比埃马努埃莱的小朋友们更好。"

菲丽帕颤抖着嘴唇,想反驳,但一句话都说不出来。

"康斯坦丝,你不觉得你太过分了吗?"埃马努埃莱严厉地说,"你迁怒于这个可怜的菲丽帕,可她不但是你最好的朋友,而且是你父母请来的客人。"

"我只要说一句话就可以让她走人。"这个不讲道理的大个子女生叫起来。

"你最好还是有点廉耻心吧,康斯坦丝!"埃马努埃莱接着说,"难道你忘了,三个学期来,你每次考试都是抄菲丽帕的?是的,我亲眼看见的。瞧,刚好学监来了。我很想过去跟他说句话。我想知道,如果你母亲得知她的宝贝女儿撒谎、作弊,她会怎么说。"

"嗨,珠儿,你玩得开心吗?"纳塔尼埃尔校长真的来到了我们身边,问。

我咽下一口佛卡恰,看了康斯坦丝一眼才回答:

"您好,纳塔尼埃尔先生。我想康斯坦丝想告诉您一些您也许会感兴趣的事。"

"哦?"他很惊讶,"出什么事了?"

"没事,校长,"那个大高个女生露出她惯有的假笑,连忙撒谎说,"我正跟菲丽帕说,我觉得朱丽叶太可爱了。大家晚安!"她还特地对我说,"朋友,待会儿见。"临走之前,她在我耳边悄悄地说:

"先别声张,给我一个机会,我们谈个条件。几分钟后你到大厅外面来找我。"

"没事吧?"纳塔尼埃尔先生还是有点担心,我们的小小伎俩让他感到有点奇怪。

"没事。"我笑着说,"待会儿见,康斯坦丝!"

"那好,姑娘们、小伙子们,祝你们晚上玩得愉快。"纳塔尼埃尔校长颇有风度地欠欠身,走开了。

"晚安,学监先生。"我们异口同声地回答。

学监走远后,大家迫不及待地问我。

"康斯坦丝在你耳边嘀咕了些什么?"埃利亚斯皱着眉头,很想知道。

"她要我等学监离开之后去外面找她,她好像要跟我谈什么交易。"

"你不能一个人去,"埃马努埃莱说,"那个女孩的心可狠了。"

"我刚认识她的时候她可不这样。"菲丽帕心软地原谅了她,"好像是我住在她家以后她才变的。"

"怎么回事?"爱丽丝问,"难道她妒忌你了?"

"也许吧!"菲丽帕承认说,"她妈妈,也就是阿拉贡夫人一直对她很冷淡,但我觉得我住到她家里以后,情况变得更糟了。"

"你为什么这样认为?"阿依夏有些担心。

"是这样,我觉得她妈妈一直在比较我和康斯坦丝,而这种比较对康斯坦丝不大有利。"

她悲哀地低下头,叹息了一声,说:

"但愿我能继续把她叫作'我的朋友'。阿拉贡夫人经常这样说:'为什么你的数学和历史分数这么差,而菲丽帕的分数总是那么好?'她常说类似的话,你们明白吗?"

"我数学和历史也很差,但我明白你说的话。"我说。

"起初,康斯坦丝好像对这类指责无动于衷,但时间一长,她跟我的关系就没那么好了。我想她开始恨我了。"

"这对你来说一定很不容易,因为你住在她家。"埃利亚斯同情地说,他觉得这太遗憾了。

"但这事跟你没有任何关系。这很不公平!"我愤怒地说。

"我知道,但我还是能理解她,"菲丽帕伤心地说,"因为我自己的母亲也常常这样……"

泪水从她长长的睫毛下流下来,我产生了巨大的同情。要知道,我整天都在抱怨我母亲!今晚,我一定会好好安慰她,我保证。

"好了,该去看看法国女大使的女儿想干什么了。"埃马努埃莱笑着提醒我,并大方地向我伸出一只手。

"我也去。"爱丽丝叫道。

"我们都去。"菲丽帕、阿依夏和埃利亚斯也异口同声地说。

晚上6点45分

康斯坦丝一脸惊讶的样子,显然,她没想到全部人马都来了。

"我好像没有邀请大家都来吧?"她挖苦埃马努埃莱说。

"行了,康斯坦丝,够了。你还想怎么样?"埃马努埃莱不耐烦地打断她,这可不常见。"我们都想今晚好好玩玩,所以,有什么话赶快说,否则我们就回大厅去了。"

康斯坦丝有点不知所措,她犹豫了一下,然后说:

"我想知道,如果我要你们保持沉默,你们有什么条件?朱丽叶,我可以给你钱,你可以用它来买新衣服或者你想要的东西。"

她倨傲地看着我母亲在罗马给我新买的这条我感到如此自豪的蓝裙子,说完了最后一句话。这种无礼的话确实很让我生气。

"康斯坦丝,如果你认为用钱可以收买我,那你就错了!"我反驳道,"我到这里来的第一天,你就对我很不友好。菲丽帕是你的朋友,可你对待她的方式让人不能接受。我不明白我为什么不早点揭发你。"

我的这一连串话好像起了一点作用,因为这个傲慢的女生先是脸色发白,然后又发绿。她咽了一下口水，结结巴巴地说：

"可是……可是……你到底想要什么？你告诉我！"

"我要你道歉。"

"我向你道歉。"这个虚伪的人连忙说。

"不是向我道歉，而是向你的朋友菲丽帕道歉。她一直对你很好，你却这样对待她。"

"向菲丽帕道歉？"

她露出了尴尬的神情，就像以前从来不知道什么叫"团结"那样。她最终让我感到了可怜。她的心肠就是那么硬，"互助""同情""合作""友谊"，她的词典中没有这些词汇，她甚至不知道这些词的意思。

"我为什么要向菲丽帕道歉？"她很固执。

"因为她不单是我的朋友，更是你的朋友。可最近一段时间，你对她很不友好。"

"她向你抱怨了？"她恶狠狠地看了菲丽帕一眼，问我。

"根本不是这么一回事。"埃马努埃莱插嘴说，"大家都发现你态度傲慢，注意到最近一段时间菲丽帕神情忧伤。她父亲去世后，她的生活非常艰难，你难道不知道吗？如果你继续坚持这种态度，谁都不会跟你做朋友。如果珠儿心地太善良，不想自己去告诉学监，我会第一个去。你作弊，不把学校的纪律放在眼里，看不起同学。你绝对不是能当我们朋友的人。如果学监知道你的所作所为之后无情地开除你，我一点都不会感到惊讶。都是因为你，学校的气氛现在非常不好。我们受够了。从现在起，一切都应该结束了。"

"哼！"康斯坦丝还嘴道，"你把自己当什么人了？"

"你知道什么，康斯坦丝？你太可悲了。好了，我们走吧！"埃马努埃莱拉着我们，态度也变得高傲起来，"让这个女大使自己去喷毒液吧，我们去找学监先生和其他人。"

"等等！"看到我们大家都要离开这个地方，康斯坦丝大叫起来。

"为什么要等？"爱丽丝皱起眉头，嘀咕了一声。

"好吧，我……我会改正的，"康斯坦丝保证道，"菲丽帕，我真诚地向你道歉。我……我不该这么粗暴地对待你。"

"你心里真是这么想的吗?"菲丽帕问。

"是的,问题是,自从你住到我们家后,我父母的心里只有你。"

她的声音很痛苦,也充满了怨恨。她也受到了伤害。现在似乎一切都明白了。

"朋友啊,你怎么能这样说?"菲丽帕大叫起来,充满友爱地抓住她的手臂。"你的父母爱你!他们非常爱你。他们很关心我,是因为他们觉得,面对我母亲的处境,这是最合适的做法。你我从小就是朋友。我一直喜欢你,欣赏你。你要知道,我从来不想影响你,偷取属于你的东西。"

"真的吗?你说的是真的?"康斯坦丝追问道。看到这个朋友对她这么好,她泪流满面。

"一点都不骗你。"菲丽帕信誓旦旦地说。

"好了,我觉得她们俩需要单独在一起慢慢地互相解释。我们都离开吧!"埃利亚斯有礼貌地说。

"好主意。"埃马努埃莱表示同意,"你走吗,珠儿?"

"你们能替我保守秘密吗?"康斯坦丝不安地问。

"什么秘密?"埃马努埃莱嘲讽地问。

"行了,你很清楚。"康斯坦丝做了个鬼脸,轻声地说。

"他们什么都不会说的,相信我。"我信誓旦旦地说。

"但不能再让我看到菲丽帕像今天这么伤心了。"埃马努埃莱威胁道。

"行了,我明白了。你走吧,没有你我们自己也可以和解。"康斯坦丝忍不住回敬了他一句。

"你总是这么可爱。我喜欢你,康斯坦丝。"埃马努埃莱半开玩笑地嘲讽了她一句。

康斯坦丝对他做了个鬼脸,我们大家都笑了起来。康斯坦丝真是个宝贝!

至于我,我在想是否还有东西吃。我一激动就容易饿。

晚上7点

太阳下山的时候,餐厅里古老的吊灯发出幽暗的光亮,制造出一种仙国的气氛。巨大的桌子已经沿墙摆开,大厅中央变成了舞池。我眨眨眼睛,仿佛在做梦。

爱丽丝激动得不得了,立即就拉着埃利亚斯进入了舞池。看着我的朋友挽着她喜欢的人轻快地跳舞,我对自己说,我这下可真的进入了一部梦幻般的电影中。我笑了,也想发发疯,跳跳舞。

"来呀!我们一起跳!"爱丽丝和埃利亚斯使劲向我们挥手,鼓励我们下场。

"你想跳舞吗?"埃马努埃莱问我。

"正想着呢!"我笑着承认说。

"我也来了。"阿依夏激动地说。

太棒了!这场晚会一定会让人终生难忘。这话是珠儿我说的。

晚上8点

乐手们停下来休息时,人们就放事先录好的音乐来顶替。安德烈亚一身汗,但一脸兴奋。他离开舞池,想去叫克洛迪娅、康斯坦丝和他们那群人也来跳。我忍不住伸手拦住他。

"等等,我有话要对你说。"我制止了他。

"你想干什么？"他警觉地问。

"我……我要为昨天的事道歉，"我吞吞吐吐地说，"我……我昨天不是太友好。"

他向我投来的目光既不愤怒，也不好战，而是欣喜。

"我确实不知道自己是否真的应该被当作'傻瓜'，"他笑着承认说，"事实上，由于你生活在美洲，你好像非常熟悉老师所说的那部影片中故事发生的地方，我自然以为那是在你的家乡，结果我弄错了。这没什么关系，但你太敏感了，哈哈，那问题就大了。"

他一边说一边摆着手，一副狡黠的样子，笑得很开心。

"原谅我，"我尴尬地继续说，"我说话没有经过大脑，我说你傻确实不应该。我应该怎么做才能让你忘记这事？"

"跟着这首歌的节奏跟我跳舞。"他笑着说。啊，我什么都想到了，就没想到这个建议。况且，他说的那首歌是支……慢舞。

"好呀！"

我爽快地同意了。在克洛迪娅惊讶的目光下,我跟着安德烈亚一直来到了舞池。我从来没有想到会遇到这样滑稽的情景,我们的生活中确实充满了意外。我们往往忘了,情况的变化司空见惯。我想,毫无疑问,这一天给我上了一课。要知道,两天前,我还哭哭啼啼,觉得天都要塌下来了……

晚上8点05分

我一只手放在安德烈亚的颈后,另一只手搂住他的腰,努力保持镇静。是的,我知道跳慢步舞通常不是这样子的,但有人突发奇想,罩住了灯光。由于我不希望他以为我会把他当作贾斯汀·比伯(甚至更糟,当作我的男友),我不敢搂住他的脖子。

我的罗马之行今晚就将结束。(太快了!)明天我就要和母亲回家了,我们在魁北克的生活将重新开始……直到下次旅行。

我急着重新见到我的朋友们,把我在罗马旅行期间遇到的种种波折以及我在这里了解到的东西告诉他们。

"你舞跳得很好啊。"安德烈亚恭维我说。

"谢谢。"我脸红了,找不到更好的话来回答。

"你好像明天就要离开这儿了。回加拿大?"

"嗯……是的。"(我的回答总是这么糟糕!为什么每当一个英俊的小伙子跟我说话时,我的脑子总是一片空白呢?你碰到过这种情况吗?)

"真遗憾。我想,你会想念我们当中的许多人的。"(我是否真的听懂了他这句话的意思?)

晚上8点10分

让我大吃一惊的是,安德烈亚完全不像我想象的那样。他的下巴是有点突,这让他看起来一副凶相,其实他一点都不凶。(这是我说的!)恰恰相反,他好奇、幽默,而且舞跳得很好。他问了我无数个问题,听了我的玩笑话乐得不行,而且也用他的俏皮话逗得我哈哈大笑。说实话,跟他在一起我很开心,甚至开始后悔为什么我今天晚上才了解他。现在,我得到了教训,判断别人千万不要凭最初的印象。在伙伴们高兴的目光下,我们一连跳了三支曲子。乐队恢复演奏时，我才依依不舍地放开他，让他重归乐队。

晚上8点15分

"哎，"阿依夏善意地调侃我，"安德烈亚并不那么差嘛！他还是可以的吧？嗯？"

我的脸又红了，跳了几支小小的舞竟然引起了这么大的关注，这让我很尴尬。

"他没我的伙伴那么好，但你说得有道理，他也没那么坏。"我承认说。

好了，在痛苦来临之前，先乐一乐吧！我毕竟不会让自己多愁善感，建议妈妈再让我在这所学校待上一周。

"我们五个人再去跳舞怎么样？"

"好啊！"我的朋友们都很高兴。

晚上9点30分

晚会到晚上9点钟就结束了。在我们学校里,派对不可能结束得这么早。为什么星期五晚上还结束得那么早?原来,意大利家庭大多数在晚上9点半左右用晚餐。神了!我无法相信,白天吃了那么多东西,我的朋友们回家还能吃晚饭。这太遗憾了,因为我们玩得正开心呢!

灯重新亮起来时,埃马努埃莱、阿依夏、爱丽丝、埃利亚斯和我所组成的小群体与安德烈亚、菲丽帕、康斯坦丝甚至克洛迪娅聚在一起。克洛迪娅最后终于问我:

"你明天真的要走?糟了,我刚刚开始习惯你和你古怪的穿着。"

克洛迪娅太特别了!我都恨不起她来。她太爱赶时髦,也太封闭了。她的行头都得按字母顺序摆放在衣柜里。我相信吃早饭的时候她都是用"您"来称呼父母的。太搞笑了!

我并不打算抹去我在这里生活的记忆。告别的时候,我流的眼泪比两天前我感到孤独、被抛弃时流的眼泪还多。阿依夏、爱丽丝、埃马努埃莱、埃利亚斯和其他所有人,我都永远不会忘记。我们答应互相写信,保持联系。我甚至向纳塔尼埃尔学监发誓以后还要回来……但我一激动就容易饿,既然大家都去吃晚餐了,我想我也不能对美味的意大利面说不。

晚上9点15分整,老妈到了。

在回住所的地铁中,我把一切都告诉了她。我给她讲了我前几天在夏多布里昂中学的事,说了我的烦恼、噩梦和失望……她听着听着,脸色发白。我都担心她会晕过去。

"小乖乖啊,我都不敢相信,你经受了这些事却不告诉我。"

"妈妈!"

"怎么了?"

"你忘了,你答应过我不叫我昵称的。"

"哦……是的……啊不!我的朱丽——叶——特啊,得知你独自经受这场考验,我太伤心了。"她的眼睛里冒出了泪水。如果我不做些什么,她的泪水会滔滔不绝。

"但我对你说了,最后的结局还是很完美的,妈妈。"

"可你为什么要保守这个秘密，不把它告诉我？"

她睁大眼睛，好像刚刚得知大象有长鼻子一样……

"你想知道真相吗？"

"当然。"

"我不告诉你，是怕你到学校里去吵。一想到我将彻底丢脸，而第二天还得回到那里，我就感到恐惧。"

"所以你才会孤独到这种地步，我可怜的……小朱丽叶。"（她终于不在"叶"后面加"特"了。好难啊！）

"不过我告诉了吉诺和吉娜……"

她生气地咽了一下口水。

"你做得很好，但还是应该告诉某个大人。所有的恐吓行为都要被揭发，攻击者最好的同谋就是沉默。朱丽叶！这件事结束了，谢天谢地！但在别的地方还可能发生。我要你庄严地向我发誓，下次遇到这类问题，不管是你本人还是别人受到恐吓，你一定要告诉我，或者去找一个你信任的成年人。

你明白我说的话吗?"

"可我已经跟你说了好多遍,妈妈,没什么大事。"

"宝贝,这事有可能会变成悲剧。每年,光是在我们国家,受校园欺凌的学生就数以千计。我不是开玩笑。答应我,以后发生这种事情不要瞒着我。"

"好吧,我答应你。"

我觉得她的反应过于强烈,但我确实听到过比我经历的事情更可怕的事。我的允诺也许让她放心了,她笑着过来拥抱我,我颤抖起来。

"我们必须不断适应才能在一生中找到平衡点。但你没必要自己一个人扛着,不接受爱你的人的帮助。"她最后说。

晚上10点

装行李箱的时候,我发现菲丽帕来不及还我牛仔裤……我又想起了最近几天发生的事和我与母亲的谈话。我已经知道我再也不会跟以前那样了。这场晚会、这个国家、这次旅行彻底改变了我的世界观。我比以前更强大、更明智了。在罗马,我战胜了敌人,再次结识了一些新朋友。回魁北克之后,我会非常想念他们的,但最重要的是,我突破了自己的局限,内心变得强大了。

明天,我就能重新见到吉诺、吉娜和我的其他朋友了。星期一上午,历史老师卡耶先生和我日常生活中的其他重要人物肯定会在学校里等我。这太好了。

知道自己对别人有价值,这很重要;但感到自己被别人接受,感到自己像在家里一样,成为大家当中的一员,这也很重要:这次意大利之旅让我明白了这个道理。

你,对,我说的就是你。正在读我写的这本书的人,如果有一天你遇到了难处,请你一定要把你的忧虑告诉别人。尽管你觉得自己很孤独或孤立无援,但千万不要自己一个人去解决问题。请求别人的帮助吧!我现在从心底里觉得,有的困难需要大家同心协力才能找到更好的解决办法。你能答应我吗?

现在,先跟我重复这句话:Viva Italia!(意大利万岁!)

跟着朱丽叶游罗马

罗马旅游小贴士

人们把罗马叫作"永恒之城"。它之所以会有这一标签,是因为它是很久之前建造的,许多考古遗迹在2000多年后的今天都还矗立着。在那里,历史古迹和废墟与现代建筑完美地结合在一起,年轻的罗马人在新公寓里茁壮成长。

博物馆的光线往往都会比较昏暗,但你在罗马不会有这种感觉,因为要参观的有意思的遗址大部分都在室外。由于这里的气候很温暖,雨水少,光是在有千百年历史的石板路上散散步,你都会觉得不虚此行。再说,大多数罗马人都很热情好客,往往都很乐意给不熟悉罗马的游客指路。

罗马是意大利的首都,这你应该知道。在我看来，罗马是世界上最漂亮的城市之一。但你是否知道，有400多万人生活在它的城区和郊区。人口太多了！这个大都会是欧洲第三大旅游城市，仅次于巴黎和伦敦。但它最突出的，主要是它长达2800多年的历史。据推测，它是公元前753年建造的。这座城市几乎可以说就是一个博物馆，但它也充满活力。最后，它还有一个特点，就是在它的领土上还有一个国家：梵蒂冈（Città del Vaticano）。来吧，让我告诉你哪些地方必须去参观！

到达罗马，前往市中心

大部分情况下，你都会经罗马附近菲乌米奇诺的莱昂纳多·达·芬奇国

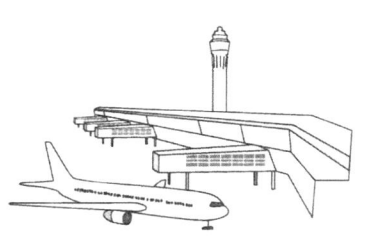

际机场（Aeroporto internazionale Leonardo da Vinci di Fiumicino）到达这座城市。

机场离罗马市中心30多公里。所有航站楼都能通往机场车站，那里有火车前往中央车站，

也可以坐公共汽车和摆渡车。中央车站位于罗马的市中心，附近有许多可以步行到达的旅馆。如果你住在那个街区，从车站坐出租车也只要几欧元。

钱　币

2002年，欧元代替了意大利的旧货币里拉。共有7种不同面额的纸币，每种上面都有欧盟的12颗星：最小的是5欧元，灰色；然后是10欧元，红色；20欧元，蓝色；50欧元，橙色；100欧元，绿色；200欧元，棕黄色；最后是紫色的500欧元。硬币有8种：2欧元、1欧元是银色的，0.5欧元、0.2欧元、0.1欧元是金色的，0.05、0.02、0.01欧元是青铜色的。

交　通

大城市往往都这样，由于交通太拥挤，对于想迅速方便到达某地的人来说，汽车无疑是最低效的交通工具。不过，罗马的公共交通包含许多公共汽

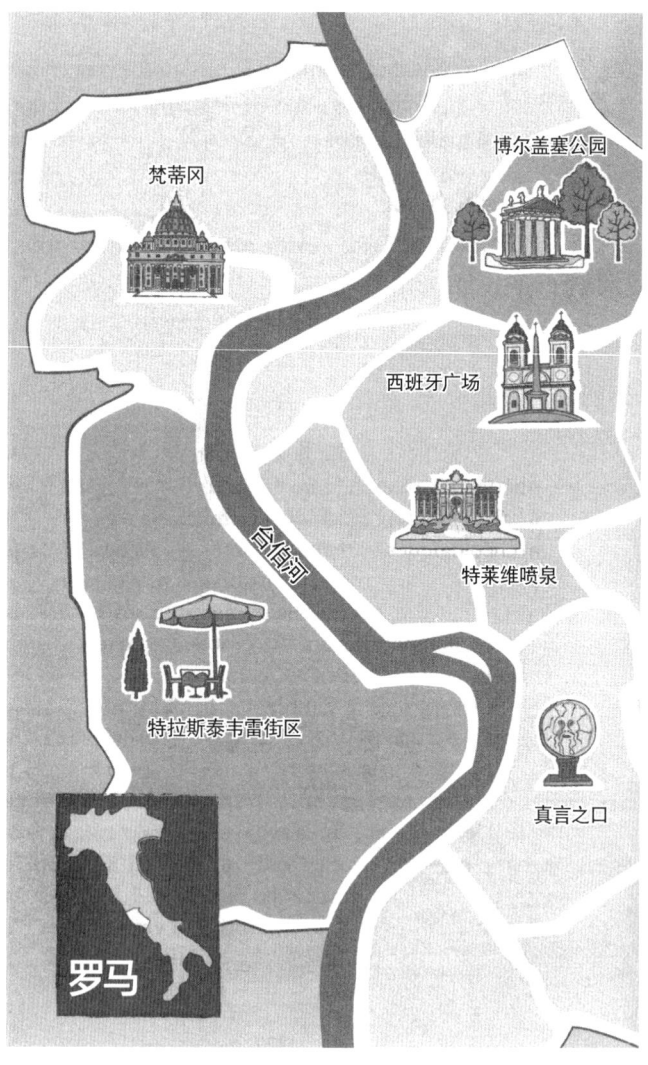

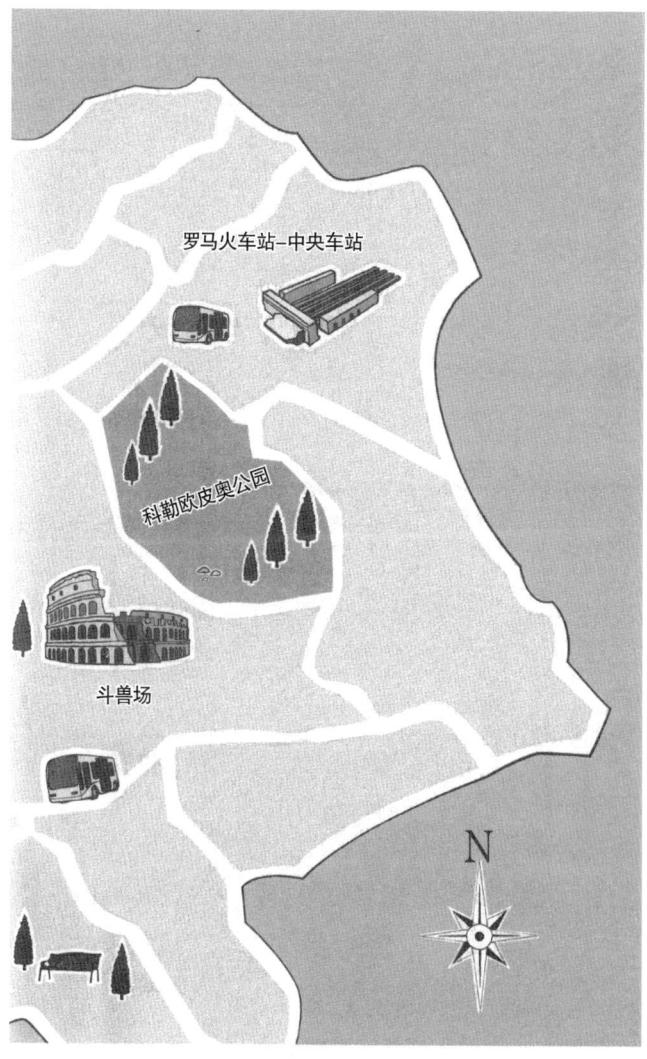

车、6条线路的有轨电车和两条线路的地铁（A线和B线在中央车站会合）。你可以查阅下面的网址，下载线路图。

https://www.romantoolkit.com/transport/rome-bus.htm

可以在报亭和烟草店（tabaccherie）买票，地铁站也有自动售票机。

参 观

罗马位于意大利中心的拉齐奥（Lazio）地区，四周有7座山。台伯河穿越罗马，注入第勒尼安海。罗马属地中海气候，冬天温和（气温通常不会低于0摄氏度），夏天很热。尽管春秋两季是参观罗马最好的季节，罗马还是一年四季游客不断。想想吧，它从中世纪开始就吸引游客和朝觐者了！众多的公园、漂亮的景点和非同凡响的古建筑在等待着大家。以下是我喜欢的一些游览景点：

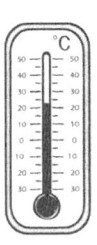

斗兽场（Colosseo）

罗马斗兽场有两千年左右的历史了，这是罗马史上最大的圆形剧场，也是古罗马最惊人的建筑与工程杰作。斗兽场的建设始于公元70年至72年间，维斯帕西安（Vespasien）皇帝统治时期；完工于公元80年，提图斯（Titus）皇帝统治时期。它位于罗马的最中心，到那里，不管是坐公共汽车和地铁，还是步行，都很方便。它非常漂亮，你会喜欢的。它是为弘扬勇士的精神而建造的，能容纳5万到7.5万观众，主要服务于公共演出、战斗的再现和死刑处决，一直使用到公元6世纪。尽管它受到了地震的破坏，四

周又车水马龙，但它至今仍屹立着，每天从上午8点半到傍晚向公众开放，除了圣诞节和元旦。

它位于斗兽场广场（piazza del Colosseo）。更多资讯，请查阅以下互联网地址：https://www.coopculture.it/en/the-colosseum.cfm。

科勒欧皮奥公园（Parco di Colle Oppio）

科勒欧皮奥公园紧挨着斗兽场，是我最喜欢的公园，因为它很安静，就在罗马的历史游览中心，而且有许多重要的古代遗迹，其中包括图拉真圆柱（Colonna Traiana），尤其是还有著名的金宫（Domus Aurea），那是尼禄皇帝在罗马大火之后下令建造的一个豪华的住所。内墙好像全都用金箔装饰。哇！而且，从这个公园看斗兽场，景色绝好。

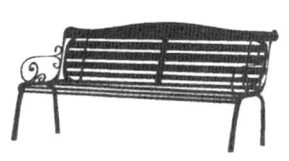

真言之口（Bocca della Verità）

真言之口是一个大理石雕像，上面是一张长着大胡子的人脸，呈圆形扁平状。中世纪的时候，它可能是下水道的井盖。从17世纪起，它就挂在希

腊圣母堂前厅的墙上，大胆的游客在那里排队，等着把自己的手放在象征着"真言之口"的洞里。传说，这个雕像会咬住说谎者的手。很有趣，不是吗？它被认为是罗马最让人好奇的地方之一，每年都吸引着无数参观者。入场是免费的，教堂里面也值得一看。

希腊圣母堂（Basilica di Santa Maria in Cosmedin）位于对面的同名小广场上，在斗兽场南面。希腊圣母堂广场以前是牛市，现在有特莱维喷泉和纪念神话英雄赫拉克勒斯（Hercules）的小神殿。

银塔广场（Largo di Torre Argentina）

银塔广场跟吉诺的家乡阿根廷没有任何关系，其名更多是来自拉丁语Argentoratum，意为"加工银的地方"，即现在的斯特拉斯堡。那是罗马教廷红衣主教乔瓦尼·布卡尔多的出生地。广场的中间是祭祀区，有4个古神殿的废墟，其中最老的可追溯到公元前3世纪初。据说，恺撒被刺杀后就丧命于此。

今天，此地几乎成了流浪猫的家。奇特而可爱，是吗？我非常喜欢。可以去看一看那些猫，还可以抚摸它们。野猫避难所，一个非营利组织的志愿者每天中午到下午6点都在那里接待大家。欢迎捐赠。入口位于佛罗里达大街和银塔大街的交会处。

更多资讯，请查阅以下互联网地址（英语）：

https://www.romancats.com/torreargentina/en/introduction.php

地址：银塔广场大街40号

特莱维喷泉（fontana di Trevi）

罗马是喷泉之城，因为它有2000多个喷泉。人们在所有的公园和几乎所有的广场中心都能看到喷泉。许多鸟儿就是在那儿喝水的。不过，特莱维喷泉也许是世界上最著名的喷泉，这话是珠儿我说的。每年都有成千上万的游客前去看它。这个喷泉于1762年竣工，很大，花了30年才建成。它中部的凹陷处有一尊海神尼普顿的雕像。传说，背朝喷泉，用右手往那里扔一个硬币就可以许愿。这种习俗今天好像已经适用于全世界的喷泉。

该喷泉位于特莱维喷泉广场。

更多资讯，请查阅以下网址：https://www.rome-roma.net/fontaine-de-trevit.html。

特拉斯泰韦雷（Trastevere）街区

特拉斯泰韦雷街区在罗马城中心，很像是明信片中的村庄。漂亮的石板小路沿着台伯河对面的圣玛丽亚广场、圣玛丽亚喷泉和圣玛丽亚教堂伸展。特拉斯泰韦雷好像是"台伯河对岸"的意思，那里有许多漂亮的小店以及餐厅、平台，其浪漫的花饰让人如在梦中。这是绝对要去的街区，一定要在那里吃东西和闲逛。去那里，最好是坐公共汽车或有轨电车。

雅尼库卢姆（Janicule）

雅尼库卢姆是一座山丘。尽管它不属于罗马著名的7座山之一，但还是值得一去，无论是去散步还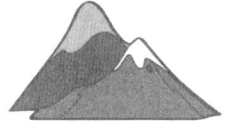是去观景。从山顶看罗马城及其周边的乡村，漂亮无比。走，鼓起勇气，爬山！

博尔盖塞公园（Villa Borghese）

博尔盖塞公园很大，呈心形。很可爱，不是吗？里面不单有伞松、喷泉、花园、草坪和一个人

造湖,还有一个小动物园(Bioparco di Roma)和三家博物馆,其中博尔盖塞画廊里有许多艺术品。可以在公园里散散步,但鉴于公园太大,最理想的方式是骑车游览。事实上,它是罗马最大的公园,也是罗马人周末最喜欢去散步的地方。

梵蒂冈(Città del Vaticano)

梵蒂冈其实是意大利领土上的一个小国家。这个国家面积虽小,但极其富有。以教皇为首的天主教廷,其教权所在地就在这里。它由瑞士卫队(Guardia svizzera)担任看守,这是世界上最古老也是最小的军队。这个国家不到一平方公里,只有几百名居民,但它的某些场所却是世界上参观人数最多的地方,其中包括接待朝圣者的圣彼得(San Pietro)广场、基督时

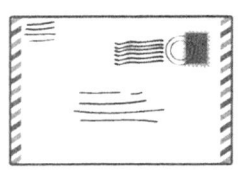期的第一个圣殿圣彼得大教堂及梵蒂冈花园。富丽堂皇的博物馆里充满了价值连城的艺术杰作。梵蒂冈城还有一个小邮局,买张邮票,从世界上最小的国家往家里寄张明信片,在我看来这是必须的。你觉得呢?

西斯廷教堂(Cappella Sistina)

西斯廷教堂之所以出名,是因为它的圆顶壁画是16世纪初意大利画家和雕塑家米开朗琪罗的最伟大的作品之一。它位于梵蒂冈某教皇宫里面,中央著名的圆顶壁画分为9个部分,画的是创造世界的故事,灵感来自《圣经·创世记》。请注意,那里不准拍照。

米开朗琪罗

米开朗琪罗·博那罗蒂(Michelangelo Buonarroti)于1475年3月生于意大利佛罗伦萨附近的卡普莱斯。他是雕塑家、画家、建筑设计师、诗人和城市规划家。作为建筑设计师,他设计了罗马圣彼得大教堂的圆顶。但作为画家和雕塑家的他名声更大，因为他的大部分作品都被认为是真正的杰作。在他的代表作中，你也许听说过雕塑《大卫》或者西斯廷教堂里他于1508年到1512年绘画的圆顶壁画。据说，米开朗琪罗6岁丧母，尽管父亲反对，他还是从事了艺术工作，最后获得了巨大的成功，是他那个时代最杰出的人物之一。他在世时，人们就已经对他表现出极大的敬仰，他的作品对后世影响极大。1564年2月，他在辉煌中在罗马去世。

吃

让我最高兴的是，意大利是面条和比萨饼的王国，品种丰富得让人不敢相信。你知道吗，那里有100多种不同的面条？比萨饼的种类几乎也跟面条一样多。尽管如此，还有其他许多菜肴也应该尝一尝，比如熟食和莫泽雷勒奶酪，又或者无数不同口味的雪糕。那种美味真是让我永生难

忘！请别扫我的兴，答应我去尝尝你以前从来没有试过的食物。你会感到惊喜的！

我推荐的餐馆：

Taverna dei Quaranta

这个家庭餐馆位于斗兽场旁边，客人主要是街坊，但这对游客没有任何影响，反而更好。那里的菜做得非常好，店内是典型的罗马式装潢，非常漂亮。我必须向你推荐，尤其是去吃晚餐。

地址：克洛迪娅街24号

网址：https://www.tavernadeiquaranta.com/

Pizzeria La Cuccuma

这家比萨饼店门面不大，可以说是一家小餐馆，所有的菜都可以打包。其中有pizzeria al taglio，即按重量卖的比萨饼，价格很合理。服务高效，所有的菜味道都很好。对于那些不想花太多的钱又想吃得好的人来说，这是一个理想的去处。如果你愿意的话，你甚至可以让他们把比萨饼切成方形或者是你想要的任何形状。你还

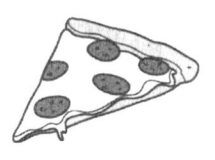

可以像我一样去附近的科勒欧皮奥公园野餐。

地址：梅鲁拉娜街221号

Ristorante Carlo Menta

这家饭店的特色在于食物品种多、分量足、价格合理。而且，它就位于繁华的特拉斯泰韦雷街区中心。家庭聚餐的绝佳去处。妈妈一定要我给你推荐这个地方。顺便说一句，那里的玛格丽塔（margherita）比萨饼（上面有番茄和莫泽雷勒奶酪）非常好吃。

地址：伦格雷塔街101号

词汇表

中文	意大利文
是	sì
不是	no
先生	signore
女士	signora
小姐	signorina
女孩	ragazza
男孩	ragazzo
早上好！	Buon giorno!
晚上好！	Buona sera!
晚安！	Buona notte!
再见！	Arrivederci!
请原谅。	Scusi.
拜托。	Per favore.
谢谢！	Grazie!
非常感谢！	Grazie mille!
好的。	D'accordo.
请问……	Può dirmi...
您有……	Lei ha...
我不明白。	Non capisco.
你说法语吗？	Si parla francese?

续表

中文	意大利文
……多少钱?	Quanto costa...?
几点钟?	Che ora è?
哪里?	Dove?
走!	Andiamo!
右边	a destra
左边	a sinistra
星期一	lunedì
星期二	martedì
星期三	mercoledì
星期四	giovedì
星期五	venerdì
星期六	sabato
星期天	domenica
今天	oggi
昨天	ieri
明天	domani
年	anno
日	giorno
月	mese
星期	settimana
上午	mattina
中午	mezzogiorno
下午	pomeriggio
晚上	sera
零	zero

续表

中文	意大利文
一	uno, una
二	due
三	tre
四	quattro
五	cinque
六	sei
七	sette
八	otto
九	nove
十	dieci
十五	quindici
五十	cinquanta
百	cento
千	mille

罗马简史

罗马先后是罗马帝国、基督教世界和意大利的首都,是文明史上不容略过的地方,对热爱历史文化的游客来说具有不可抵挡的魅力。这座城市因丰富的考古遗迹而成了一个真正的露天博物馆。正如一句谚语所说:"罗马不是一天造成的。"据古罗马神话,公元前753年,罗穆卢斯(Romulus)建立了罗马,用犁沟确定了城市的边界。他的孪生兄弟瑞摩斯(Rémus)通过从犁沟上跳过嘲讽他。罗穆卢斯非常生气,于是杀了他,还说了以下这番话:"将来,凡越过我的围墙者,格杀勿论。"天哪!开始并不美好,但后来慢慢地变好了,别担心。

罗马的历史很长也很复杂,你将会了解。下面,你将看到一个简短的编年史。

朱丽叶游罗马

罗马编年史

前800年	伊特鲁里亚人生活在罗马的土地上。
前753年	传说,罗马的第一个国王罗穆卢斯建城。
前509年	罗马共和国诞生,共和政府建立在不同机构(元老院、执政官和部族会议)的政权平衡之上。
前264年	罗马角斗士首战。
前100年	尤利乌斯·恺撒出生。
前44年	恺撒被杀。
1年	所谓的基督诞生。
64年	罗马大火。
80年	斗兽场建造完毕。
326年	罗马皇帝君士坦丁大帝在圣彼得墓地上修建圣彼得大教堂。
476年	蛮族入侵罗马,标志着西罗马帝国的衰落和古罗马的终结。
1475年	米开朗琪罗诞生。
1508—1512年	米开朗琪罗装饰西斯廷教堂的圆顶。
1762年	建造特莱维喷泉。
1564年	米开朗琪罗在罗马去世。

1870年	意大利国王维克托·伊曼纽尔二世占领罗马,宣布罗马为意大利王国的新都。
1929年	《拉特兰条约》授予梵蒂冈独立国家的地位。
1936年	希特勒和墨索里尼宣布结盟。
1939年	第二次世界大战爆发。
1940年	意大利参战。
1944年	盟军进驻罗马。
1960年	罗马菲乌米奇诺机场落成;举办夏季奥运会。
2002年	欧元作为官方货币,取代意大利里拉。
201×年	朱丽叶·贝鲁贝来访。
20××年	你到访罗马。

问 卷

你现在准备去罗马？出发之前还是测验一下吧，看看你是否已经掌握所有必要的信息。

1. 在罗马的历史上，64年发生了一件大事，是什么大事？

　A. 建造斗兽场

　B. 装饰西斯廷教堂的圆顶

　C. 奥林匹克运动会

　D. 罗马大火

2. 下列名人中谁是罗马的外来者？

　A. 尤利乌斯·恺撒

　B. 米开朗琪罗·博那罗蒂

　C. 尼禄

　D. 雅克·卡蒂埃

3. 穿过罗马城的台伯河注入什么海？

　A. 黑海

B. 里海

C. 死海

D. 第勒尼安海

4. 罗马城的别名叫什么？

A. 光明之城

B. 永恒之城

C. 比萨饼之城

D. 美丽城

5. 科勒欧皮奥公园是什么地方？

A. 位于罗马斗兽场旁边的停车场

B. 朱丽叶在罗马最喜欢的公园

C. 尤利乌斯·恺撒的旧府邸

D. 改革派教士的一个修道院

6. 意大利有多少种面条？

A. 100多种

B. 差不多200种

C. 50多种

D. 25种左右

7. 罗马漂亮的希腊圣母堂广场上曾经有一个集市。那是一个什么集市？

A. 牛市

B. 奴隶市场

C. 禽类市场

D. 角斗士的盔甲市场

8. 角斗士的平均年龄是多少?

A. 33 岁

B. 43 岁

C. 13 岁

D. 23 岁

9. 谁画了西斯廷教堂的圆顶?

A. 莱昂纳多·达·芬奇

B. 米开朗琪罗

C. 巴勃罗·毕加索

D. 阿美迪欧·莫蒂里安尼

10. 以下行业,哪个不是米开朗琪罗所从事的?

A. 建筑设计师

B. 画家

C. 音乐家

D. 雕塑家

11. 罗马的历史持续了多少个世纪?

A. 4

B. 10

C. 20

D. 28

12. 罗马现在使用什么货币?

A. 意大利里拉

B. 欧元

C. 意大利法郎

D. 先令里弗尔

答 案

1. D，公元64年，罗马发生了大火。

2. D，维吉尔·卡基堤从来没有在罗马居住过。

3. D，台伯河没入了第勒尼安海。

4. B，人们把罗马叫作永恒之城。

5. B，针插银度盘和公圆其实就是在罗马最著水的公园。

6. A，意大利有100多种面条。

7. A，那不勒斯的广场只有一个井盖。

8. D，用士兵的手的年龄是23岁。

9. B，米开朗琪罗设计了的所是教堂的圆顶。

10. C，米开朗琪罗其实根本不是意大利。

11. D，罗马有2800多年的历史。

12. B，罗马现在依然用拉丁。

如果你答对了6个以上，你就是罗马游历及其历史的真正专家了，祝贺你！

如果你答对了4到6个，别灰心，根据本心一点就可以了。

如果你答对4个以下，我劝你就是本书从头再读一遍。